14 JUILLET

DU MÊME AUTEUR

LE CHASSEUR, Michalon, 1999.
BOIS VERT, Léo Scheer, 2002.
TOHU, Léo Scheer, 2005.
CONQUISTADORS, Léo Scheer, 2009 ; Babel nº 1330.
LA BATAILLE D'OCCIDENT, Actes Sud, 2012 ; Babel nº 1235.
CONGO, Actes Sud, 2012 ; Babel nº 1262.
TRISTESSE DE LA TERRE, Actes Sud, 2014 ; Babel nº 1402.

Il a été tiré de l'édition originale de cet ouvrage
soixante exemplaires sur vergé de Rives, signés par l'auteur,
accompagnés d'un dessin signé de Ronan Barrot,
numérotés de 1 à 60, réservés à la librairie
Pierre Bravo Gala, à Paris.

ÉRIC VUILLARD

14 juillet

RÉCIT

un endroit où aller

ACTES SUD

à Lucie

LA FOLIE TITON

UNE FOLIE est une maison de plaisance, extravagance d'architecte, outrance princière. Son allure légère, délicate, le libertinage des lumières à travers les innombrables fenêtres annoncent le règne bourgeois de la maison secondaire. Elle imite les villas du Palladio, c'est du Vitruve pour entrepreneur, de l'Alberti de petit-maître. Mais parmi toutes les folies que l'on bâtit en France dans la Bourgogne et le Bordelais, près de Montpellier, en bord de Loire, pavillons délirants, jardins coquets, avec leurs îles de magnolias et leurs cavernes de mousse, où des nuées d'ombrelles se dispersent dans les allées, ce fut la folie Titon qui, aux dernières heures de l'Ancien Régime, fit vraiment parler d'elle. Sa gloire est d'avoir vu décoller une montgolfière avec dans sa nacelle deux hommes, pour la première fois de l'histoire du monde. Le papier qui enveloppait le ballon venait de la manufacture Réveillon, installée à la folie Titon, au bourg Saint-Antoine, à Paris. Sa seconde gloire fut sa dernière. Le 23 avril 1789, Jean-Baptiste Réveillon, propriétaire de la manufacture royale de papiers peints, s'adresse à l'assemblée électorale de son district, et réclame une baisse des salaires. Il emploie plus de trois cents personnes dans sa fabrique, rue de Montreuil. Dans un moment de décontraction et de franc-parler stupéfiant, il affirme que les ouvriers peuvent bien vivre avec quinze sols par jour au lieu de vingt, que certains ont déjà *la montre dans le gousset* et seront bientôt plus riches que lui. Réveillon est le roi du papier peint, il en exporte dans le monde entier, mais la concurrence est vive ; il voudrait que sa main-d'œuvre lui coûte moins cher.

Marie-Antoinette avait lancé la mode, elle en fit couvrir son boudoir : amour serrant une colombe sous un dais floral, angelots tirant à l'arc, grotesques, pastorales, singeries. Et cette mode du papier peint, sublimement peint, pochoirs, pinceaux, s'était diffusée en Europe ; c'est alors qu'entre deux fêtes somptueuses, faisant bouffer d'une

main délicate son gilet framboise écrasée
et rajustant son foulard crème, Jean-Baptiste Réveillon avait sérieusement médité,
la concurrence internationale faisant rage,
sa baisse des salaires.

Or, le peuple avait faim. Le prix du
froment avait monté, le prix du blé avait
monté, tout était cher. Et voici qu'Henriot,
fabricant de salpêtre, fit à son tour la même
annonce. Dans les faubourgs, on commença de marmonner. Au cabaret, le soir,
on se réunissait, on criait, on invectivait, on
buvait son petit verre en se demandant si on
allait pouvoir longtemps payer son terme.
Tout le monde était agité, inquiet. La nuit
du 23 avril 1789 fut une longue nuit de
palabres, de plaintes et de colère.

C'était peu de temps avant l'ouverture
des états généraux, plusieurs fois différés.
On manifesta. Un jour, deux jours, en vain.
Réveillon et Henriot devaient penser que
ça leur passerait, qu'entre deux lampées
de pinard, entre deux quignons de pain,
ils l'avaleraient, la pilule, il le fallait bien !
et qu'ils retourneraient tous bientôt dans
le matin s'agenouiller devant leurs ma-
chines et turbiner pour vivre ; car il faut
bien vivre ! on ne peut passer sa vie place

de Grève à gueuler. Mais la protestation
ne cessa point.

C'est qu'une grande famine sévissait en
France. On crevait. Les récoltes avaient été
mauvaises. Bien des familles mendiaient
pour vivre. Partout, des convois de grains
avaient été attaqués, des greniers pillés, des
magasins mis à sac. On brisait les vitres à
coups de pierre, on éventrait les barriques
à coups de couteau. Il y avait eu des émeutes
de la faim à Besançon, à Dax, à Meaux, à
Pontoise, à Cambray, à Montlhéry, à Ram-
bouillet, à Amiens. Partout, les magistrats
avaient été insultés, leurs palais assiégés, des
soldats blessés. C'était un peuple de femmes,
d'enfants qui se rebellait. Un peuple de chômeurs aussi. Pour six cent mille habitants,
Paris comptait quatre-vingt mille âmes
sans travail et sans ressources. Alors, on
s'agita dans les taudis, on avait été écartés
des débats et du vote préparant les états
généraux, on voyait bien qu'on n'aurait pas
grand-chose à en espérer, qu'ils nous laisse-
raient seulement le froid de l'hiver prochain
et la disette ; c'était une affaire qui allait se
régler entre gens de bien.

L'après-midi du 27 avril, une foule per-
cola de Saint-Marcel, réclamant le pain à

deux sous et criant : "Mort aux riches !"
Devant l'Hôtel de Ville, on traîna deux
mannequins, un pour Réveillon, l'autre
pour Henriot ; on les brûla. La tête de
Réveillon crama sous les lampadaires, la
fumée volait aux fenêtres, s'écrasait sur les
rinceaux. On pleurait. Les magistrats se
tenaient apeurés derrière les rideaux. Les
cendres faisaient déjà de la boue. Autour
de la place, les gardes-françaises étaient
en armes. Les femmes leur hurlèrent à la
gueule, les bouches tordues dans la bouil-
lasse de l'air, qu'on ne doit pas crever de
faim. Les soldats les écartaient doucement, les encourageant à rentrer chez elles.
C'est alors que tout commença. On se jeta
d'abord rue de la Cotte, où la demeure
d'Henriot fut ravagée. La grande porte cas-
sée, des bouts tenant encore à ses gonds de
fer, on s'y engouffra dans un cri. Les femmes
se ruèrent aux cuisines, ramassant dans leurs
jupes du grain ou de la farine, les hommes
se mouchaient dans les tentures, les enfants
pissaient en crapaud sous les tables, la foule
coula entre les pièces, éberluée, roulant des
barriques de vin, puis se sauvant dans le feu
qui avait pris, crachant sur les portraits, cha-
virant, pataugeant dans un luxe inouï en

train de se détruire, curant les tiroirs, râte-
lant les placards, les armoires, le cellier. Mais
ça ne suffit pas.

On vit depuis toujours dans des maisons de pisé et de planches, avec une chaise
dépaillée, pas de feu, mâchant du mauvais
pain. Alors, la colère monte autant que les
salaires veulent baisser. Dans la journée du
28, l'émeute s'étend. On vient de tous les
quartiers alentour, depuis l'autre côté de
la Seine. On ramasse au passage les flot-
teurs, les mendiants qui couchent sous les
ponts ; et le soir, on parvient à forcer l'entrée de la folie Titon. C'est la revanche de
la sueur sur la treille, la revanche du trin-
glot sur les anges joufflus. La voilà la folie,
la folie Titon, là où le travail se change en
or, là où la vie rincée mute en sucrerie, là
où tout le turbin des hommes, quotidien,
pénible, là où toute la saleté, les maladies,
l'aboi, les enfants morts, les dents pourries,
les cheveux filasses, les durillons, les inquié-
tudes de toute l'âme, le mutisme effrayant
de l'humanité, toutes les monotonies, les
routines mortifiantes, les puces, les gales,
les mains rôties sur les chaudières, les yeux
qui luisent dans l'ombre, les peines, les écor-
chures, le nique de l'insomnie, le niaque de

la crevure, se changent en miel, en chants, en tableautins.

La foule court dans les jardins de la manufacture. On se presse entre les petits massifs vert tendre, on traverse la rivière de l'Inclination par le petit pont de l'Estime avant de se retrouver pris entre les bosquets, dans le secret des riches. Des groupes s'arrêtent au pied de la maison, sous la façade sublime, admirant frontons, balustrades, et éprouvant eux aussi, un instant, une sensation de grâce, d'équilibre, bluffés par le souci de proportion et de symétrie. Mais l'ordre et la beauté ne tiennent pas longtemps. Il vient à la foule une sorte de dégoût. Le charme ne prend plus, la majesté de la folie Titon se dilue entre les graviers de la cour. Il ne reste que la folie, celle des grandeurs, avec son crâne percé de trous.

Oui, ici, chez Réveillon, tout chavire en luxe, étoffes, miroirs, petits outils pour se coiffer, se maquiller, se tordre les cheveux sur de gentils amours. Oui, tout se change en tout, la ficelle en cordelette à rideaux, la serpe en jolis ciseaux, la culotte en robe de chambre, le pissat du canasson se mue en rangée de flacons. Oui, ici, la mouche est une abeille, peinte sur le linteau, le puits est une fontaine, la planche cariée une marge, la tourbe empoissée un joli parquet, le dératé de chaque jour une leçon de piano, le toit qui fuit devient un autre étage, et un amas de milliers de cabanes se métamorphose en folie. Oui, elle était bien belle la folie Titon. Mais à présent, ses matelas allaient rendre leurs tripes de laine et ses chaussures allaient perdre leurs talons.

Dans un éblouissement, une foule d'hommes parvint, à travers une mousseline de toiles d'araignée, à arracher aux entrailles de la terre quelques bouteilles. C'était le nectar des Lumières, sorti du cuvier de Montesquieu. On fracassa les becs de verre sur les marches du palais et l'on but, cul sec, les plus grands crus, s'ensanglantant la gueule. Que c'était bon ! il n'y a rien de mieux que siffler d'une traite un vin à mille livres, picoler du château-margaux à la régalade. Le gazomètre bien rempli, on se releva avec des godasses à bascule, la cervelle en terrine, démâtés, portant des lunettes en peau de saucisson et chicorant comme des vaches. Le produit dérobé du travail doit être gaspillé, sa délicatesse meurtrie, puisqu'il faut que tout brille et que tout disparaisse.

Le 28 avril 1789, la révolution commença ainsi : on pilla la belle demeure,
on brisa les vitres, on arracha les baldaquins des lits, on griffa les tapisseries des
murs. Tout fut cassé, détruit. On abattit
les arbres ; on éleva trois immenses bûchers
dans le jardin. Des milliers d'hommes et de
femmes, d'enfants, saccagèrent le palais. Ils
voulaient faire chanter les lustres, ils voulaient danser parmi les voilettes, mais surtout, ils désiraient savoir *jusqu'où l'on peut
aller*, ce qu'une multitude si nombreuse
peut faire. Dehors, il y avait une masse de
trente mille curieux. Mais on est désarmés,
on n'a que des bâtons et des pavés. Et voici
que les gendarmes arrivent. La foule lance
une grêle d'injures et de sifflets. Depuis les
toits, il pleut des pierres et des ardoises. On
dépave la rue de Montreuil. Quel bonheur
de caillasser les argousins ! Pas de liberté qui
ne passe par là. La cavalerie avance contre
la foule ; les gens reculent, dans la bave des
chevaux, face aux sabres qui brillent. Alors,
les soldats arment leurs fusils et tirent. Une
première salve tue beaucoup de monde, la
foule glisse contre les murs, se rencogne où
elle peut ; on jette des tuiles depuis les toits,
on hurle. Mais les fusils sont à nouveau

chargés – feu à volonté ! Des dizaines de morts jonchent la rue. À ce moment, on se débande. On court, on se bouscule, c'est la grande lessive sous le ahan du ciel. Les femmes crient aux soldats de ne pas tuer, d'avoir pitié ! Les coups repartent, les morts s'entassent, les cavaliers parcourent les rues, crevant le dos de ceux qui fuient. On parle de plus de trois cents morts et d'autant de blessés. Les cadavres furent jetés dans les jardins alentour, sur les charrettes à fumier, entassés. Il y eut aussi quelques pendus. Puis, on marqua au fer rouge des émeutiers, que l'on envoya aux galères. Et on raconte qu'à part celle du 10 août 1792, ce fut la journée la plus meurtrière de la Révolution.

LA TOMBE-ISSOIRE

L E SACCAGE de la folie Titon fut consi-
déré comme un désastre. On compta le
moindre bouton de porte disparu, chaque
pelle à feu, chaque pincette, le plus petit
morceau de tapisserie arraché, les nappes
déchirées, les oreillers crevés, les tasses de
porcelaine ébréchées, les vestes de soie en
lambeaux, le satin en confetti, les innombrables gilets de toile, les déshabillés de
madame, les monceaux de mouchoirs brûlés, tout cela fit l'objet d'un compte précis,
inventaire méticuleux où les chiffres s'empi-
lent, neuf mille livres par-ci, sept mille par-là,
dix-neuf mille livres par-ci, deux mille cinq
cents par-là. Mais le nombre de morts parmi
les habitants du Faubourg, en revanche, reste
vague, indécis.

Deux jours après l'émeute, Odent et Grandin, commissaires au Châtelet, escortés par le

docteur Soupé, robe noire et trousse char-
gée de bistouris, que pilotait le concierge
des catacombes, passèrent sous le linteau
de porte de la Tombe-Issoire. Ils emprun-
tèrent un triste escalier, avant de zigzaguer
dans la froide obscurité des anciennes car-
rières. Enfin, parvenus devant une porte
cadenassée, ils éprouvèrent une sorte de
malaise. Les deux commissaires avaient
pourtant l'habitude des affaires criminelles,
mais il se dégageait quelque chose d'inha-
bituel de ces dédales sinistres. Dieu merci,
l'institution sert d'armure, on s'oublie derrière le masque, on est plâtré dans le cos-
tume ; aussi dès que la porte fut ouverte
et qu'ils eurent aperçu les cadavres, ils se
mirent au travail.

Selon les termes du procès-verbal qui
sera dressé le soir même, c'était dix-huit
cadavres de séditieux, tués lors de l'émeute
Réveillon ; autrement dit c'étaient dix-
huit ouvriers du Faubourg. Les fossoyeurs
les empoignèrent par les jambes et par les
bras ; les têtes pendouillaient en arrière, les
cheveux balayaient le sol. On les disposa
les uns à côté des autres. Puis Grandin dis-
tribua aux fossoyeurs des numéros inscrits
sur de petites cartes. Trébuchant dans leurs

gros souliers, ils s'inclinèrent sur les morts,
épinglant à leurs vêtements les numéros
qu'on leur avait donnés. Une fois que les
étiquettes furent posées, les fossoyeurs se
replièrent près de la porte ; et les commissaires procédèrent à une description scru-
puleuse des corps.

Le numéro 1 est un homme d'environ
trente-cinq ans, il porte les cheveux longs
noués en catogan, il a le nez aquilin et un
visage en lame. Il est vêtu d'une veste de gros
drap, d'un gilet rouge à boutons de cuivre,
d'une chemise de grosse toile ; il porte un
pantalon bleu et un tablier de coutil. Mais
l'objet de la visite n'est pas de faire un portrait du défunt ni de détailler sa vêture ; les
émeutiers sont soupçonnés de vol. On va
donc leur faire les poches. Odent donne
un bref coup de tête en arrière, un fossoyeur
saisit aussitôt ce que cela veut dire. La rangée de cadavres est longue. Ils sont durs et
froids, cela fait dix-huit mannequins couchés sur le sol de la cave. Les morts sont ici
plus nombreux que les vivants. Le fossoyeur
s'exécute, lentement, il passe entre les corps,
se penche, retourne la poche du tablier, rien.

On dresse ensuite un inventaire des blessures et des causes de la mort. Soupé ouvre

sa trousse, prend un scalpel, des pinces et sa
paire de ciseaux. Il découpe les vêtements,
nettoie rapidement la plaie, écarte les lèvres
de la blessure à l'aide de crochets. La chemise du défunt est couverte de sang. Ses
intestins lui sortent par le flanc.

On recommence. Numéro 2. Un garçon
de seize ans. Les cheveux longs en queue
de cheval, nez retroussé, visage basané. Et
pour ses vêtements, ce sont même veste
de drap gris, même gilet de coton, mêmes
boutons de cuivre, mais dépareillés, même
tablier, avec en plus des bas de laine. Une
fois encore, Odent fait un signe de tête,
le croque-mort se penche, enfile sa grosse
main d'homme dans les poches du gamin.
Rien. Mais l'os pariétal, lui, est fracturé et
l'occipital crevé. Ce qui signifie qu'on l'a
frappé par-derrière, qu'on lui a enfoncé le
crâne à coups de sabre ou de baïonnette.

Et ça continue. Numéro 3, âgé de vingt
ans. C'est un beau gars d'un mètre soixante-
dix, aux cheveux châtains en désordre.
Il porte une veste et un gilet de laine. Et
comme pour tous les autres, ce sont *grosse*
laine et *grosse* toile, boutons *dépareillés* et
mauvaise veste ; mais aussi les mêmes tissus
misérables : drap pour la veste, toile pour

la chemise, coton pour le gilet, serge pour
la culotte, laine pour les bas ou les chaus-
sons, cuivre pour les boutons ; et les mêmes
pauvres vêtements de travail ou de misère :
culotte de peau, veste de drap et tablier de
serpillière. Et là encore, rien dans les poches,
mais une grosse plaie au-dessus de l'œil et
l'os du front béant, pissant des bouts de cervelle et des caillots de sang.

On passe au numéro 4. Il a le visage rond,
poupin. Les cheveux noués dans le dos. Le
nez court et large. Il est vêtu de drap gris,
une chemise de toile de ménage, une cra-
vate de mousseline, un gilet de gros drap. Le
fossoyeur fouille le mort. Grandin lève les
sourcils ; ses yeux brillent sous ses lunettes.
Le ciel de pierre sue quelques gouttes ; il fait
un peu trop frais, le commissaire a la gorge
qui pique, il aurait dû mieux se couvrir. Le
fossoyeur se retourne, hausse les épaules :
rien dans les poches.

Il enjambe le cadavre et passe au numéro 5. Encore un jeune homme de vingt
ans. Encore des cheveux bruns et un visage
rond. Encore les vêtements de grosse toile,
de drap gris, et les bas de laine. Et de nouveau, les poches vides. Mais une plaie consi-
dérable dans le visage et l'arrière du crâne

enfoncé. Le fossoyeur tourne autour du cadavre, trébuche et marche sur la main ; il se rattrape comme il peut sur la poitrine du mort ; il se relève. Un cercle de lumière blanchit la voûte. Et la litanie continue, n° 6, n° 7, n° 8, n° 9 et 10 et 11 et ce jusqu'à 18 : nez aquilin, visage long, cheveux brun foncé en queue de cheval, et puis les nippes, gilet de drap olive doublé de serge, chemise de toile. Ça en fait des queues de cheval, des bas de laine, des poitrines ouvertes, des plaies sous l'aisselle et des crânes fracassés. Ça en fait des poches vides. Mais sur les dix-huit cadavres de Montrouge, pas un liard. On avait retroussé toutes les poches, mais on n'avait trouvé que de vieilles blagues à tabac, une petite clé, quelques pauvres outils. C'est tout. Pas la moindre *montre dans le gousset*.

Le dimanche 3 mai, au lieu de vaguer gentiment sur les quais de la Seine ou bien de jouer une partie de cartes, Louis Petitanfant, ramoneur, et Louise Petitanfant, femme de chambre, prirent le chemin de Montrouge. Il faisait doux. Ils remontèrent longtemps la rue Saint-Jacques, puis du faubourg Saint-Jacques ; longèrent

l'Observatoire, se crottèrent les pieds, conti-
nuant tout droit, toujours tout droit sur
le chemin du Bourg-la-Reine, bordé de
champs jusqu'aux barrières. Louis ôtait
de temps en temps son chapeau et s'épon-
geait le front. Ils marchaient en silence.
Une fois passé la Charité, ils parvinrent à
la Tombe-Issoire. Là ils durent attendre que
le concierge leur ouvre ; ils restèrent sage-
ment devant la porte. Louis tenait son chapeau entre les mains. Ils se taisaient. Puis le
concierge revint et leur fit signe de le suivre.
Ils descendirent l'escalier, pesamment, en se
tenant aux murs. C'était sombre et humide,
la lampe éclairait mal. Enfin, on atteignit la
porte de la catacombe. Le concierge fit tourner la clé dans le cadenas.

C'était une grande salle obscure, les
cadavres étaient allongés sur le dos, ça
puait ; Louise releva son tablier sur son
visage. Le concierge leur dit d'avancer, il
n'avait pas beaucoup de temps. Ils marchèrent tout doucement devant la rangée
de morts, jetant un œil en passant à ces
visages inconnus, certains semblant dormir, d'autres déjà verdâtres, inquiétants.
Sans se le dire, ils avaient eu l'espoir de ne
pas le trouver ici, qu'il avait découché et

que, dans quelques jours, il reviendrait à
la maison. Mais au numéro 5, Louise s'arrêta. Elle fit un signe. Ils observèrent bien
le cadavre. Les morts ont le visage si diffé-
rent ! La tête était tordue vers la gauche, les
lèvres roides ; une partie de la figure était
emportée dans une grimace affreuse. Sous
ses moustaches, on apercevait la nacre de ses
dents. On lui avait fermé les yeux. Il n'avait
plus le visage doux qu'ils lui connaissaient,
mais l'habit de drap couleur chamois était
bien le sien ; un pan de la veste était sou-
levé et Louise reconnut la doublure faite
de morceaux de toile qu'elle avait cousus.
Et puis il y avait la culotte de drap gris, les
bas de laine, oui, ce devait être lui, malgré
ce crâne enfoncé et cette grimace affreuse
qui lui labourait le visage.

   Lorsqu'ils furent dehors et reprirent leur
route, ils marchèrent sans se regarder. Louise
avait retiré ses sabots, les tenant à la main.
Passant la barrière, elle se dit que jamais elle
n'oublierait le visage de son frère mort, ses
lèvres tirées en arrière, ce masque. Et elle
remarqua qu'elle ne l'avait pas embrassé ;
cela lui fit une peine immense. Et puis,
elle se remémora un souvenir, ou plutôt
un ensemble de souvenirs, qui s'étaient

agrégés les uns aux autres et formaient en
elle une sorte de refrain qui lui rappelait
son enfance. C'était l'âge où l'on commence
à se promener loin de la maison, à éprou-
ver sa liberté, et où les parents craignent
qu'il ne nous arrive quelque chose. Avec
ses frères, ils s'étaient construit de minuscules cabanes en face de chez eux, sur les
berges du port au Bled. C'étaient trois
huttes minuscules, faites de pierres roulées,
de boue et de vieilles planches ; si petites
qu'il leur fallait ramper pour y pénétrer, et
le plus doucement possible afin de ne pas
faire tomber les branchages du toit. L'une
des premières construites avait été la sienne,
celle de Louise. Ils y avaient accumulé
quelques galets aux formes étranges, des
petits objets ramassés qui faisaient dînette.
Un peu plus haut, en direction de la Grève,
une pente très douce était bordée de frênes.
Et là, dans son souvenir, les cloches sonnent. Il y a un peu de vent, et les cloches
sonnent ; la nuit va venir. Le soleil tombe.
Elle aperçoit les derniers rayons entre les
arbres, sur les façades du quai. La lumière
est très belle, douce et chaude. Il faut rentrer, le fleuve est déjà sombre. Elle court
avec ses frères. Ils courent à perdre haleine !

Ils sont ensemble, ils rient ; ils se bousculent un peu et ils rient.

Le lendemain, à dix heures du matin, ils furent reçus à l'hôtel du commissaire Odent. On les fit asseoir sur deux chaises de paille. Louise triturait les brides de sa coiffe. À l'étage, on jouait du clavecin. Tandis qu'il rédigeait le formulaire d'en-tête, le clerc leur demanda s'ils avaient bien reconnu leur parent. Ils répondirent que oui. Une fois que l'acte fut rédigé, il leur en donna lecture : *après avoir examiné le corps mort numéroté cinq, ils ont reconnu leur frère, lequel se nomme Augustin Vincent Petitanfant ; il était âgé de vingt et un ans, il était manœuvre et maçon et il demeurait avec ses frères.* Après quoi, le clerc releva la tête, et leur demanda de bien vouloir signer le document. Ils ne savaient pas écrire.

LA DETTE

Depuis sa cuvette calcaire, planté dans
son limon, à l'ouest de la forêt de Meu-
don, Versailles. Un marigot, une gâtine. Et,
par la grand-route qui vient de Paris, toute
une procession de primeurs, de pâtissiers, gla-
ciers, bouchers, traiteurs, se rend au château ;
longue file indienne de sucreries, macarons,
génoises, volailles délicates, épinards frais,
lentilles aussi fines que le sable, concombres
juteux, belles poires d'Anjou, Inconnue la
Fare, Beurré d'hiver, Pérouille, puisque Dieu
a fait sortir de sous son manteau de lumière
un nombre incalculable de poires ; oui, par
les Champs-Élysées, on trimbale pour le roi
tout ce que la France a de mieux. Comme si
un énorme gendarme réglait la circulation de
nos victuailles, le délectable et le gourmand
prennent la direction de Versailles, le fade
et le maigre celle des faubourgs. L'exquis, le

savoureux cahotent vers l'ouest de la capitale, l'aigre va aux masures. Le moelleux et le succulent galopent à la cour, l'insipide et le blet s'en vont à Paris.

Et puis surtout, à Versailles, on joue, on joue insolemment, inlassablement, follement, gaillardement, on joue des sommes considérables, tout Versailles joue. Le roi joue. La reine joue. Il y a des tables de jeu dans toutes les pièces, dans tous les bâtiments. On joue au pharaon, aux dés, à la loterie, à n'importe quoi. Un banquier vient spécialement de la ville afin d'alimenter les tables en argent liquide et de noter les dettes. On mitraille le tapis vert. Tandis que la foule parisienne croûte pour dix sous, et crapote au cabaret sa chopine d'eau-de-vie, tandis que Raffetin bouffe avec Cottin, au cabaret du Grand-Faucheur, qu'on siffle et joue pour quelques ronds, dans un grand boucan enfumé, parmi les débris de poisson et les miettes de pain, tandis qu'une cliente torche ses marmots, à côté d'un ramas de mendiants et de chiffonniers, alors que le royaume frise la banqueroute, le déficit de la pension de la reine s'élève en fin d'année à presque cinq cent mille livres.

Et autour de cet écrin, de cette douce mandorle où les menus plaisirs s'égrènent, s'agitent des milliers de maçons, de jardiniers, de terrassiers. Le palais est un chantier. Versailles est un chantier. Pendant trente ans, on va creuser, arracher, planter, construire. Il faudra trente ans de construction, de terrassement, trente ans pour changer un marais puant, étendue de bois et d'eau stagnante, en pavillons, parterres, bosquets, corniches. On migre depuis toute la France. Depuis le Berry, la Bretagne, la Normandie, le Poitou, on vient ici pour charpenter, menuiser, brouetter, maçonner. Les ouvriers logent dans des baraques de planches. C'est insalubre et laid. Le travail est dur, les accidents nombreux. Les enfants jouent au milieu de la ruelle. On se traîne au café, dans sa vieille culotte ratine, avec son casaquin de toile à raies jaunes, salis par le boulot. Une nuée de décrotteurs patientent devant la porte du palais. Entre les échoppes qui s'accrochent aux grilles, on croise Pierre Navet, dans sa pauvre redingote, et Raymond, le marchand d'eau, et le Barnabite, qui nous demande un liard, et le Morfondu, qui gueule dans son patois de vache, et la blanchisseuse qu'on trousse, les ravaudeuses, les polisseuses en or, les bohémiens, les drôlesses, zigzaguant entre les rigoles d'ordures, où se roulent les cochons.

Versailles est une couronne de lumière, un lustre, une robe, un décor. Mais derrière le décor, et même dedans, incrustée dans la chair du palais, comme l'essence même de ses plaisirs, grouille une activité interlope, clabaudante, subalterne. Ainsi, on trouve des fripiers partout, car tout se revend à Versailles, tous les cadeaux se remonnayent et tous les restes se remangent. Les nobles bouffent les rogatons de première main. Les domestiques rongent les carcasses. Et puis on jette les écailles d'huîtres, les os par les fenêtres. Les pauvres et les chiens récupèrent les reliefs. On appelle ça la chaîne alimentaire.

Mais avant toute autre chose, avant la fripe, avant les cabarets, s'insinuant jusqu'au cœur de Versailles, jusqu'à son petit cœur de pierre, il y avait une flopée de repasseuses, jabots froissés, marchandes de fleurs. Oui, depuis tous les coins du royaume, le palais, ses girandoles, ses fusées, ses masques, ses carrosses illuminés de torches, ses brandons, sa joie, attiraient tous les métiers, tous les frotteurs de parquet, tous les gâte-sauce, toutes les ambitions, du bon bourgeois au gentilhomme, mais aussi les plus obscènes nécessités. Pendant que des fêtes pleines de magnificence célèbrent l'amour et la jeunesse, et qu'on cause aimablement le langage des tétons, qu'on dialogue entre fard et mouche, à la lueur des chandelles, file entre les allées le soir, dans les couloirs écartés, aux murs des baraquements, tout un grouillement de raccrochantes, de boucaneuses ou de moineaux, qui dans le froid, l'hiver, entre deux coliques, musent à la recherche d'un peu de sucre et de tabac, de quelques ronds contre un peu de plaisir.

Avec emphase, on nous enseigne le règne de chaque roi, ses épisodes : la prise du pouvoir par Louis XIV, la réforme du royaume, le bon Colbert, la Régence, la guerre de succession d'Autriche, l'attentat de Damiens, le départ de La Pérouse. Mais on ne nous raconte jamais ces pauvres filles venues de Sologne et de Picardie, toutes ces jolies femmes mordues par la misère et parties en malle-poste, avec un simple ballot de frusques. Nul n'a jamais retracé leur itinéraire de Craponne à Paris, jusqu'aux grilles du château. Nul n'a jamais écrit leur fable amère.

Afin de loger les mille cinq cents personnes chargées de la bouche du roi, on
avait exproprié toute la population de
l'ancien village de Versailles, oui, toute !
Allez vous faire pendre ailleurs, marauds,
pochards ! On rasa le bourg, on rétama la
terre, afin de bâtir à sa place le Grand Commun, corps de logis sobre et harmonieux,
exemple d'équilibre et de mesure. Et jusqu'au
bout, jusqu'à la Révolution, Versailles verra
une débauche de serviteurs innombrables,
laquais de toutes espèces, tournebroches,
violons, porteurs d'instrument, coureurs de
vin, conducteurs de haquenée, verduriers,
potagers, enfants de cuisine ; tout cela à côté
d'un ramassis de charges, dames de compagnie, pages, et pas moins d'une quaran-
taine de valets de chambre pour le roi seul,
moucherons sublimes voletant autour du lit
royal, du miroir royal, du pot de chambre
de Sa Majesté.

Or la France était criblée de dettes. On ne
savait plus que chanter aux banquiers dans
cette course à l'abîme ; les grandes perruques
avaient coûté très cher. Les Louis, quel que
soit leur chiffre, avaient mis la main sous
trop de jupes, pincé trop de bourrelets et
mordu trop de fesses. Oh ! je sais, on me

l'a dit, ce qui a coûté cher, vraiment très
cher, la véritable lacune du Trésor, le fond
du fond de nos dettes, c'est la participation
de la France à la guerre d'indépendance des
États-Unis. Tout aurait alors piqué du nez.
Je n'en crois pas un mot. La dette est plus
ancienne. On répète à l'envi que le train de
vie de la cour représentait une infime partie des dépenses. Et puis, on nous donne
des sept à dix pour cent du budget de l'État,
comme si ce n'était rien ; charge colossale,
sans doute plus élevée encore, tant la comp-
tabilité des grands déborde toujours ses
propres comptes et surcharge les autres, les
vassalise, les cornaque.

Il existe quatre horlogers de la chambre
du roi, l'un d'eux a pour unique mission,
chaque matin, de remonter sa montre. On
dirait une farce, une rabelaiserie, absurdité
d'auteur, un racontar. Mais il y a plus drôle,
il y a pire. Il y a un capitaine des mulets à
Versailles, quand il n'y a plus de mulets.
Il y a les avertisseurs, dont l'unique tâche
consiste à savoir à quelle heure le roi désire
la messe. Il y a l'achat par Marie-Antoinette d'une paire de girandoles de diamants,
pour deux cent mille francs, en 1775. Il y
a, la même année, une sublime paire de

boucles d'oreilles. Allez! hop! Trois cent
mille francs. Mais qu'est-ce que c'est trois
cent mille francs? Comme on est petit,
mesquin! Et puis il y a la mode, l'attribut
dérisoire, mais qui sait ce qui est essentiel
à l'âme? Un moment, ironie de mauvais
diables, la fureur va à la puce; on veut que
tout soit couleur puce, jeune puce, cuisse de
puce, dos de puce, ah! la fantaisie, le rire,
et puis la reine se lasse, la puce a fait son
temps, on veut à présent du blond cendré.
Le coiffeur de Sa Majesté coupe une mèche
de ses beaux cheveux. Mercure l'emporte
vers les filatures de Lyon où l'on doit pro-
duire des tissus qui soient *exactement* de sa
couleur. Mais l'habit ne suffit pas. Il faut la
coiffure. Et cela est un art. On confectionne
des chevelures comme on n'en verra jamais
plus, pièces montées sur plusieurs étages,
monticules de cheveux relevés, crêpés, en
hérisson. On y trouve de tout, des plumes,
des rubans, des petites scènes de théâtre,
une jolie meunière à qui cause un galant.

Enfin, la nostalgie d'une vie rustique
avait fait bâtir le hameau de la Reine, farce
champêtre, paradis miniature où le théâtre
et la fête font oublier les soucis de la cour,
la famine du royaume et la dette de l'État.

Autour d'un petit étang, on avait érigé une dizaine de chaumières, une ferme, il faut bien becqueter, un colombier, pour que ça roucoule, un boudoir, car il faut être belle, une grange, puisqu'on aime se rouler dans le foin, un moulin, parce que c'est joli, un jardin fleuri, et sur une minuscule rivière un petit pont de pierre. On s'était inspiré du parc d'Ermenonville, de sa conception simple, naturelle, s'adressant directement aux yeux, à l'esprit et à l'âme, et qui lui-même avait puisé son inspiration dans *La nouvelle Héloïse*, le roman de Jean-Jacques Rousseau. Ainsi, par ce qu'elle a de plus ridicule, et peut-être de plus charmant, Marie-Antoinette effleure l'auteur du *Contrat social*. Ce rapprochement ne doit ni nous surprendre ni nous inquiéter. Après la Révolution, le petit bourg lui-même servira de cabaret puis de maison de rendez-vous. Ainsi, nous comparaissons de bien des manières devant le Temps. Un bandeau sur les yeux, il nous livre à toutes les séparations, et nos œuvres seront dispersées comme les chairs d'Athalie, livrées aux chiens.

Et tandis que les princes ne se refusent rien, les finances du royaume s'assèchent ;

la France fait carême. Commence alors
une furieuse et chaotique course à l'impôt. La taxe, le tribut, la redevance sont
un même hurlement froid et monotone ;
d'un côté, ils fleurent le parfum, la fumée
montée des lustres, d'un autre, ils puent la
sueur et la chandelle. Il y eut alors une valse.
Les ministres des finances se succédèrent
à une cadence effrénée. On gouvernait
à coup d'expédients : banqueroutes par-
tielles, impositions prétendues provisoires
mais qui se prolongeaient sans fin. Vint
d'abord Turgot, qui voulut la libre circulation des biens et déréglementer les métiers,
afin d'affranchir la production de ses pesan-
teurs. Il tomba en à peine deux ans. Vint
alors Necker, un banquier. Sa grâce ne dura
point. Puis ce fut Calonne ; homme déli-
cat, il paraît qu'il adressait à de jolies dames
des pistaches enveloppées dans des bil-
lets d'escompte. L'argent ruisselait. Il favo-
risa éperdument la spéculation. Une fois
que le déficit eut atteint un degré critique,
on le congédia. Il y eut encore Brienne et
quelques autres. Le Trésor était vide, mais
on ne savait le montant exact de la dette.
Pour calmer les esprits, la cour annonça
qu'elle allait *réduire son train de vie*. Ce fut

une petite révolution domestique. Marie-Antoinette diminua le nombre de ses chevaux, puis elle réalisa sur les articles de sa table et de sa chambre une économie d'un million ; c'était avouer le montant faramineux de ses dépenses.

Et puis, ce fut Necker de nouveau, afin de rassurer la Bourse, car c'est à la Bourse, déjà, qu'on prenait la température du monde. Et tandis qu'à Versailles on chasse le cerf, Necker se creuse la rouille. Il avait commencé sa belle carrière chez Girardot, une banque d'affaires franco-suisse, spécialisée dans la spéculation sur la dette souveraine et les matières premières. Le jeune Necker tenait les livres de comptes ; il était, dit-on, bien doué. La légende veut qu'au pied levé, il ait un jour remplacé le premier commis dans une affaire majeure. Il ne se tint pas aux directives qu'on lui avait laissées et prit une position hasardeuse – comme ces *traders* qui, de nos jours, jettent leurs ordres entre les mâchoires du monstre, en espérant que cela passe. Et cela passa. Il réalisa d'un coup un formidable bénéfice de cinq cent mille livres. On le prit aussitôt pour associé.

L'établissement prospéra. Il spécula sur la dette anglaise, grâce à des informations de première main. C'est qu'entre-temps, Necker avait été nommé administrateur de la Compagnie des Indes. Mais il spécula aussi sur la dette française. Le profit est une mélancolie sans mesure, toute la déception du monde se traduit en puissance de vendre et d'acheter. Ainsi, les compétences de Necker dépassaient les effets du Trésor, elles allaient au négoce. Il fit porter ses calculs sur le prix des matières premières, mais surtout, sur l'achat de greniers, de quantités de blé effarantes. Enfin, devenu intendant des finances du roi de France, Necker lança de colossales contributions publiques. La banque qu'il venait tout juste de quitter souscrivit pour quatorze millions.

Ainsi, durant toute la période qui précède la Révolution, on assiste à de curieuses manœuvres sur les deniers d'État. La dette publique ne cesse de croître et le peuple a faim. On spécule en Bourse sur les emprunts. La France est presque banqueroutière.

PRENDRE LES ARMES

Le 4 MAI, les états généraux s'ouvrirent à Versailles. Le lendemain, on se réunit dans une grande salle construite pour l'occasion, à l'hôtel des Menus-Plaisirs. C'est somptueux. Mille cent trente-neuf députés y prennent place. Cette fois-ci, on a besoin d'eux pour lever l'impôt ; il faut que les trois ordres l'acceptent, avant que la température ne monte. Le premier jour, le roi paraît, il déclare être le premier ami de son peuple ; on voudrait le croire. À sa gauche, Marie-Antoinette somnole. Elle est coiffée d'un panache de plumes blanches. Enfin, Necker prend la parole. Il se lève, gros, content de lui, fat, comme on disait alors ; et si l'on en croit les trigones et sextiles, les quinconces et les quintiles, la prédominance des signes d'air dans son thème le prédispose à tout ce qui est volatil : souplesse, adaptabilité

démoniaque, pragmatisme. La présence non
moins notable du feu indique un excès de
hardiesse, la morgue. La carence de l'eau a
des effets plus tristes, elle dénote un manque
de sensibilité, on n'est pas capable d'aimer
autant que les autres, on n'est pas concerné
par ce qui relève du cœur. Et ce jour-là, Necker fut très exactement ce qu'il était, froid,
démonstratif, il ne parla que de finances et
d'économie politique ; il fut abstrait, hau-
tain, et il assomma tout le monde pendant
trois plombes par un discours technique et
obscur. Aucune des questions vitales ne fut
abordée. La réception fut un four, l'assis-
tance était déçue.

Le temps passa. L'urgence fut de plus en
plus vive. Les Français grondaient. Et voici,
quelque temps plus tard, que le tiers état se
proclame Assemblée nationale. Le 20 juin,
le roi faisait fermer la salle des Menus-Plaisirs. On partit donc au Jeu de Paume et on
prononça de très grands mots. Serment !
Constitution ! Trois jours passèrent. Le roi
déclara nulles les décisions de l'Assemblée et
demanda aux députés de quitter la salle. Les
députés du Tiers refusèrent d'obtempérer.
Mirabeau prononça alors sa grande phrase
commençant par *le peuple* et terminant sur

la force des baïonnettes. Ah ! c'est comme si parfois un homme avait attendu toute sa vie de dire quelques mots, que ces mots le possédaient tout entier, le retenaient entre leurs syllabes, lui faisant expier tout le reste, et qu'ils portaient en eux, dans le drapé de la formule, un mélange d'évidence et de mystère, de grandeur et de trivialité, où l'humanité trouve son augure. Oui, Mirabeau parle. Il est un sentiment, une vérité. Nul ne peut plus rien contre. Il dit. La grosse gueule s'ouvre pour la première fois avec autant de souffle et de culot. La volonté du peuple vient de faire son entrée dans l'Histoire.

Et cinq jours plus tard, le roi cède. Il appelle la noblesse et le clergé à se joindre au Tiers. On est réconciliés. Mais le peuple est méfiant. Dans l'ombre, le comte d'Artois presse le roi de faire usage de la force, il distille son vinaigre chaque jour, à chaque heure. Et tandis qu'on prononce des paroles conciliantes, on fait converger vers Paris des troupes de mercenaires. On allait achaudir les faubourgs. Les tambours roulèrent ; on vit défiler les jaquettes rouges, les tricornes, l'ombre des cavaliers sur les palissades de torchis. Paris se sentit lentement tenue,

étranglée, menacée. Chez Ramponneau,
à la Courtille, les porteurs d'eau, la crieuse
de vieux chapeaux, les marchands de ferraille ou de peaux de lapin, la vendeuse à la
marée, tout le monde s'excite. Antoine Salo-
chon, cocher, s'excite, Jean Morin, tailleur
de pierre, s'excite. Au marché Saint-Mar-
tin, les tonneliers s'excitent, les loueuses de
chaises, les vendeuses de harengs ou de bet-
teraves s'excitent. Chez Bonneau, entre deux
baquets de vaisselle, Charles Glaive, pape-
tier, s'excite, Milou, tabletier, s'excite, Jean
Robert, serrurier, Chorier, tapissier, Picollet,
imprimeur, s'excitent. Dans tous les cabarets, on lève les pintes de plomb, les verres
de grès, on trinque à la bière et à l'eau-de-vie,
on grimpe sur les tabourets. Les Porcherons
s'énervent, le Moulin de Javel s'énerve, Vau-
girard s'énerve, la Rapée s'énerve, le Grand
et le Petit Charonne, le Gros Caillou, Mes-
nil-Montant, tous les quartiers populaires
s'énervent. Au cabaret de la Bouteille, on
parle beaucoup et fort, on crie, on jure.
Ah ! comme on aimait monter sur les tables
en ce temps-là. Au cabaret de la Fontaine,
Charles Bassin, vannier, monte sur la table et
s'énerve, Pierre Pontillion, grainier, s'énerve,
Jean Chevreul, brouetteur, grimpe sur sa

chaise et s'énerve. Les disputes s'animent.
Tout le monde se couche tard. On parle.
On parle. On n'a jamais tant parlé. D'habitude, on turbine surtout, c'est tout le jour
des mouvements de jambes et de bras, la
sueur, le corps qui plie. Mais depuis avril, on
cause. La bouche produit des mots. Beaucoup de mots. Une avalanche.

Le 11 juillet, Necker est de nouveau
remercié. Il est remplacé par Breteuil, lié au
comte d'Artois et à la reine. Tout le monde
comprend ce que ça veut dire, c'est le retour
d'une politique d'intransigeance. Dans la
nuit du 11 au 12, Paris se tourne dans son
lit. On dort mal. Le 12 juillet, l'ambiance
est électrique. Des groupes se forment un
peu partout, on s'interroge, on discute, on
proteste. Et voici que dans l'après-midi,
au Palais-Royal, un jeune avocat de vingt-
neuf ans, au visage doux, aux beaux cheveux
longs, comme c'était alors la mode, bégaie
que la démission de Necker est inquiétante.
Un petit groupe se forme, l'écoute. On l'encourage à parler haut.
    Cela se passe devant le café de Foy. La
patronne de cet établissement avait eu
pour son mari l'autorisation de vendre des

rafraîchissements et des glaces dans la grande
allée de marronniers, ce qui attirait bien
du monde. Elle avait obtenu cette autorisation en une audience particulière du duc
d'Orléans qui la trouvait fort belle. On voit
de quel prix se payaient les grâces. Et c'est
justement devant ce café où le bon duc, afin
d'admirer la jolie patronne, était quelque-
fois venu boire une limonade, que Camille
Desmoulins, c'est le nom du jeune avocat,
monte sur une table de bistrot et bégaye son
premier discours. Car il bégayait. Et c'est
inouï le nombre de bègues devenus orateurs,
et le nombre de cancres devenus écrivains.
La vie est bien curieuse, qui nous attrape
souvent par où elle a manqué.

Camille propose au peuple la colère.
Il grimpe sur une table devant le café de
Foy. "On prépare une Saint-Barthélemy
des patriotes", lance-t-il. C'est sa formule la
plus célèbre, son moment de grâce. Le mot
patriote est alors une sorte de sésame. La
foule tombe d'accord. Les paroles du jeune
homme font écho à nos peurs, à l'inquiétude qui monte, au manque de pain. Oui,
on prépare une Saint-Barthélemy. Mais on
n'y arrivera pas. Le comte d'Artois n'entrera
pas à la tête de ses mercenaires dans Paris.

Les petits mots de Camille ricochent partout, ils pissent, ils suintent, ils sont la forme de ce monde ; comme ceux de Mirabeau, ils touchent à une matière sans preuve, un stigmate, une foi ; loin du menuet du langage, ils sont un signe, compréhensible à tous et pourtant insondable ; ce sont les mots de tout le monde.

Mais aux grands moments s'associent toujours des épisodes plus légers, saugrenus, comme une respiration de l'âme, où s'insinue l'erreur, par une contorsion délirante. Dans une boutique, sur les boulevards, on emprunte des figures de cire, les bustes du duc d'Orléans et de Necker, et on les promène dans les rues comme nos lares, des bienfaiteurs. Les arbres sont tout pleins d'hommes et de gamins postés là pour mieux voir. Les branches ploient. On cause d'un arbre à l'autre. Les bustes passent en dessous, innocents et grotesques. Il y a des gens partout, sur les toits, aux fenêtres, c'est fou le monde qu'il peut y avoir dans une ville, et ce ton nouveau, cette excitation, ce déferlement de paroles, cette amitié.
Et puis les manifestants gagnent les Tuileries ; alors sous les ordres du prince de

Lambesc, un régiment charge la foule. Une journée est un signe, et les signes sont ambigus, contradictoires. Ainsi, tandis qu'on se libère, que la chanson de faubourg supplante la gavotte, les cavaliers chargent. On frappe, oh ! sans vouloir tuer, mais on cogne, on bouscule, les femmes courent entre les haies, tout le monde recule, emporté comme une fourchée de fumier. Un colporteur, François Pépin, traîné par les cavaliers, se prend un coup de baïonnette. Pour se défendre, les gens improvisent des barricades de chaises, puis ils se saisissent de bâtons, de caillasses, et c'est l'intifada des petits commerçants, des artisans de Paris, des enfants pauvres.

Enfin, les gardes-françaises, parmi lesquels la grogne avait monté chaque jour d'un cran, se rallient aux émeutiers. Depuis l'affaire Réveillon, on discutait les ordres, on ne voulait plus tirer sur la foule. On y avait des frères, des sœurs, des amis. Apprenant ce qui se passe aux Tuileries, les soldats quittent aussitôt leur caserne et se heurtent aux troupes royales. Devant cette résistance imprévue, le baron de Besenval ordonne à la troupe de se retirer.

Paris est désormais au peuple. Tout chaviré. Aiguisé. Se baignant aux fontaines. La

nuit est tombée. De petits groupes marchent
sur les barrières. Ce sont des bandes d'ouvriers, de menuisiers, de tailleurs, gens
ordinaires, mais aussi des portefaix, des
sans-emplois, des argotiers, sortis tout droit
de leur échoppe ou du port au Bled. Et dans
la nuit de la grande ville, il y eut alors une
étincelle, cri de mica. L'octroi fut incendié.
Puis un autre. Encore un autre. Les barrières
brûlaient. Ce qui brûle projette sur ce qui
nous entoure un je-ne-sais-quoi de fascinant.
On danse autour du monde qui se renverse,
le regard se perd dans le feu. Nous sommes
de la paille.

Le 13 juillet au matin, à l'Hôtel de Ville,
les bourgeois inquiets se réunissent. Ils
montent un comité et décident de la créa-
tion d'une milice armée. À la même heure,
le roi part à la chasse. Son cheval galope
dans les bois, ses gens rameutent les chiens,
ça jappe, le cerf court entre les fourrés. Seul
le temps change les hommes, mais certaines
distances semblent chargées de siècles ; à
vingt kilomètres de Paris, on vit dans un
autre monde. La reine est au Trianon, elle
cueille des capucines. Les événements des
derniers jours la rendent un peu nerveuse,

mais son emploi du temps ne varie pas.
Elle reçoit Fersen ; cet après-midi, pour se
détendre, on fera quelques parties de bil-
lard.

Alors les Parisiens cherchèrent des armes.
Ils craignaient le retour des troupes. Une
curieuse idée sur laquelle on tomba, dans le
tourniquet de l'action, fut d'aller au Mont-
de-Piété. On se rua aux objets gagés, comme
si on allait y trouver réponse à tous les pro-
blèmes, une vérité perdue depuis longtemps, qu'un pauvre bougre serait venu un
jour mettre en gage. Il l'aurait gentiment
déposée sur le comptoir, contre quelques
liards ; puis n'étant jamais venu la réclamer, elle aurait été consignée, mise au clou,
oubliée. Et, en effet, au Mont-de-Piété,
entre les montres suisses, les dentelles fines
et les vieilles cannes, on dénicha tout un lot
d'armes anciennes. Ce sont les pistolets de
Mathusalem, les mousquets du Déluge. La
foule s'arme quand même.
    Le matin, on avait dévalisé le Garde-
Meuble de la Couronne. Un flot bariolé
glissa par ses nobles arcades. On se bous-
cula dans les grands escaliers et les somptueux salons, puis on déboucha dans la

salle d'armes. Une foule ahurie arracha à
leurs niches deux canons de parade, présents du roi de Siam. Imaginez ces gueules
exotiques, damasquinées d'argent, sur leurs
affûts de bois des Indes vernis de noir ; on
les traîne de marche en marche, on les fait
glisser sur les rampes. Alors, les poings déro-
bèrent leurs armes aux casiers d'acajou, les
lances dorées des anciens preux passèrent
aux mains des tanneurs et les casques des
chevaliers ornèrent les têtes des grisettes.
Quelques-uns se couvrirent sans doute en
riant de lambeaux d'armure de Philippe
Auguste, puisqu'on devine, sur un tableau
du temps, la silhouette incongrue d'un chevalier dans les rues de Paris.

On s'empara des reliques, flamberges,
arquebuses, hallebardes, on dépouilla les
mannequins. Puis quand on eut pris toutes
les armes, jusqu'aux sabres chinois, quelques
sagaies peut-être, on arracha les baldaquins
pour s'en faire des bâtons, les tringles à
rideaux devinrent des piques, et on se fit des
gourdins avec les pieds de chaise.

Depuis quelques jours, les boutiques
d'armuriers étaient enfoncées, pillées. Les
minutes du Châtelet font un horrible
lamento. Une boutique a été ouverte ici,

les portes crevées là, des barils de poudre
volés ici, des couteaux fauchés là. Un com-
merçant est réveillé, en pleine nuit, une
bande fait irruption chez lui, ils veulent des
fusils, des pistolets. Partout errait une foule
bizarre, armée de bric et de broc. Et voici,
arpentant le Faubourg, le fils des Lumières,
armé de mousquets et de piques, mais aussi
de pétoires à mèche et de fusils à rouet. On
sait à peine comment s'en servir, ce sont des
antiquités venues de François Ier. D'autres
brandissent des haches, des surins rouillés,
de pauvres canifs. On est heureux et on
défile sous le grand soleil.

Enfin, par une idée saugrenue et sublime,
les foules allèrent jusqu'à forcer les portes
des théâtres. Elles pénétrèrent les magasins
d'accessoires, et firent de leurs répliques de
scène de véritables armes. On brandit
les boucliers de Dardanus et le flambeau
de Zoroastre. Les fausses épées devinrent
de vrais bâtons. La réalité dépouilla la fic-
tion. Tout devint vrai.

INSOMNIE

NE PAS DORMIR, c'est vivre dans la mort. La nuit nous traîne, immobile, là où l'on renonce. Le jour est confusion et la nuit sans pitié. Elle cache en elle un miroir où l'on se devine sans se voir, et dans le lent passage du temps aux heures silencieuses, on aperçoit parfois une bluette, une pauvre escarbille un instant vous creuse la face, et là, dans le feu très bref de notre visage, un signe s'adresse à chacun de nous, tout s'éclaire.

Mais on ne le comprend jamais. On boit un verre, on fume son clope, on ouvre la fenêtre. L'air est chaud, terriblement chaud. On ne dormira plus, plus jamais, on restera éveillé jusqu'à ce que cette grande clarté revienne et demeure. Elle ne revient pas. Les heures s'étirent. On fouille dans ses papiers, on relit de vieilles lettres, comme si on voulait s'assurer de soi, de qui on est, de ce qu'on vaut. La nuit du 13 juillet 1789 fut longue, très longue, une des plus longues de tous les temps. Personne ne put dormir. Autour du Louvre, de petits groupes erraient, mutiques, dans une sinistre maraude. Les cabarets ne fermaient pas. Sur les quais, des solitaires pérégrinèrent toute la nuit, ombres bizarres. Il faisait une chaleur écrasante, on ne pouvait pas trouver le sommeil ; dehors, on cherchait un peu de vent, un peu d'air. Paris entier ne dormait pas.

Ce fut l'un des plus beaux étés de tout le siècle. Un des plus chauds aussi. On rôtissait. Mais l'hiver avait été froid, si froid, les racines avaient gelé à plus d'un pied sous terre. La faim s'était étendue sur la France, silencieuse d'abord, puis le désespoir était venu, puis la colère. Et maintenant il faisait très chaud. Trop chaud. La nuit, les jeunes sortaient fouiller la ville, c'étaient de longues tournées depuis les faubourgs. La France était alors un pays jeune, incroyablement jeune. Les révolutionnaires furent de très jeunes gens, des commissaires de vingt ans, des généraux de vingt-cinq ans. On n'a jamais revu ça depuis. Et cette jeunesse impatiente, le 13 juillet, fut incapable de dormir. On avait le désir d'un autre

corps, il fallait quitter sa mansarde, son
pieu, et parcourir la ville sur ses jambes de
sauterelle. Chacun sortit, comme on fait
à cet âge, très vite, sans rien prendre. On
erra sur le pavé, entre les galets des bords
de Seine, au beau milieu de rien. Vers la
Courtille, des femmes se promènent avec
leur petit foulard sur la tête, leurs jupes
lourdes, leur tablier noué au-dessus de la
taille, un fichu jeté sur l'épaule, nattées. Des
familles de mendiants somnolent sous les
porches. Beaucoup de Parisiens ont à peine
de quoi acheter du pain. Un journalier
gagne dix sous par jour, un pain de quatre
livres en vaut quinze. Mais le pays, lui, n'est
pas pauvre. Il s'est même enrichi. Le profit colonial, industriel, minier, a permis à
toute une bourgeoisie de prospérer. Et puis
les riches paient peu d'impôts ; l'État est
presque ruiné, mais les rentiers ne sont pas
à plaindre. Ce sont les salariés qui triment
pour rien, les artisans, les petits commerçants, les manœuvres. Enfin, il y a les chômeurs, tout un peuple inutile, affamé. C'est
que, par un traité de commerce, la France
est ouverte aux marchandises anglaises,
et les riches clients s'adressent à présent
à des fournisseurs étrangers qui vendent

à meilleur prix. Des ateliers ferment, on réduit les effectifs. Et dans la nuit du 13 juillet tout cela résonne, ça gratte entre les pattes du petit chien qui traîne, ça urge entre les jambes du vieil ivrogne qui pisse, ça poisse sous les aisselles du chiffonnier, ça démange tout le monde.

Des bandes armées de fusils et de piques montèrent des barricades dans les rues de Paris. Les carrosses étaient arrêtés, fouillés, puis on les amenait place de Grève. En quelques heures à peine, la place était devenue une prodigieuse fourrière ; on y voyait briller les cuirs, les fers forgés en col-de-cygne, les glaces. Les chaises à porteurs côtoyaient les chars à bœufs, les sacs de blé s'entassaient contre des pyramides de vaisselles. On amenait là tout ce qu'on trouvait, craignant que le ravitaillement et les armes ne disparaissent pendant la nuit. C'est que des nouvelles alarmantes circulaient, on avait vu les troupes royales à la barrière du Trône. Et cependant, on se bécotait entre deux coups de gnôle. Des groupes chantaient et s'appelaient entre eux par leur nom de pays. Il y avait tous les patois de France. Des bandes s'étaient formées autour de la capitale ; pendant les derniers jours d'avril, les commis virent entrer par les barrières "un nombre effrayant d'hommes mal vêtus et de figure sinistre" ; et les premières semaines de mai, près de Villejuif, une troupe de cinq à six cents vagabonds avait voulu forcer Bicêtre et s'était approchée de Saint-Cloud. À présent, l'aspect de la foule a changé. Il s'y mêle "une quantité d'étrangers venus de tous les pays, la plupart déguenillés, armés de grands bâtons". Il en venait de trente, quarante, cinquante lieues ; et tout cela s'engouffrait dans Paris.

On raconte encore que depuis la veille, ces misérables parcouraient les rues en bandes, menaçaient les maisons où les bourgeois s'enfermaient ahuris et tremblants. Les boutiques des boulangers et des marchands de vin furent mises à sac. Des filles arrachaient les boucles d'oreilles des passantes ; et si la boucle résistait, on déchirait le lobe. L'hôtel du lieutenant de police avait été saccagé, et c'est à grand-peine qu'on s'en échappa. Avec des cris de mort, une autre troupe vint à la Force, où sont les prisonniers pour dettes ; on les délivre. Un groupe d'hommes en guenilles enfonce, à coups de hache, la porte des lazaristes, ravage la bibliothèque, brise les armoires, les

tableaux, tout. La rue est pleine de débris et
de pauvres bougres. Quelques-uns se sont
emparés d'une aube, d'un bâton de pré-
chantre, d'un pluvial, d'une chasuble, d'une
crosse, les ont revêtus, et, sous cet accoutre-
ment, dans la rue, bénissent les passants.

Pendant la nuit du 13 au 14 juillet, qui
est, je crois, la nuit des nuits, la Nativité, la
plus terrible nuit de Noël, l'Événement, la
canaille, comme on dit, les plus pauvres en
somme, ceux que l'Histoire a jusqu'alors
laissé croupir dans le caniveau, armés de
fusils, de broches, de piques, se font ouvrir
les portes des maisons, et se font servir à
manger et à boire. Désormais, la charité ne
suffira plus. Ce sont des vagabonds d'une
physionomie effrayante, disent les chroni-
queurs. Des bandes de bourgeois circulent
pour rétablir l'ordre ; et on pendit aux lan-
ternes quelques pauvres, çà et là, que l'on
achevait à coups de fusil.

*

Les cloches sonnent. On enfonce les portes
des beffrois. Toutes les cloches de tous
les clochers sonnent à la volée. Le mar-
teau tinte. Les murs tremblent. Les sons se

propagent et s'aggravent. Le bourdon vomit
son *fa* dièse. Depuis ses presque trois mètres
de bouche, celui de Notre-Dame, qui ne
sonne qu'aux grandes occasions, réverbère
sur les murs de toute la cité les lourds battements de son cœur vide. Partout, les
papillons de métal cognent, espiègles ; les
cloches des tours, celles du chapitre, celles
des combles sonnent ! Mais ce n'est ni le
solennel des grandes heures, ni le plenum
du dimanche, ni l'alma des fêtes du Sei-
gneur, ni le grand vespéral, comme aux
solennités majeures, ni les quatre moineaux
des mariages, non – c'est le tocsin. À la fois
grave et rayonnant, à la fois mâle et aigu, il
mêle tous les timbres dans sa panse, il pique
l'oreille et crève le corps avec ses basses que
l'on est incapable d'entendre. C'est comme
une fumée que l'on froisse ; le ciel sue, tré-
mule, grelotte. Les barboteuses se taisent.
Les plaisanteries se figent sur les lèvres, le
pied chancelle dans la rigole d'ordures. Les
chiens se cachent. La clameur s'apaise. Le
vent mouche les torches. On crache son
noyau de fruit, que la nuit avale.

À Éphèse, sous l'empereur Dèce, sept
officiers du palais ayant distribué leurs
biens aux pauvres se réfugièrent dans les

montagnes. On les pourchassa. Les soldats
découvrirent leur retraite ; mais lorsqu'on
pénétra la grotte où ils vivaient, on les
trouva plongés dans un profond sommeil.
On ressortit tout doucement et on mura la
grotte. Deux siècles s'écoulèrent. Un pro-
meneur tomba sur la maçonnerie et défit
le piège ; il pénétra la grotte et les sept
hommes se réveillèrent. Ainsi, la sédition.
Elle surgit dans le monde et le renverse, puis
sa vigueur faiblit, on la croit perdue. Mais
elle renaît un jour. Son histoire est irrégu-
lière, capricante, souterraine et heurtée.
Car il faut bien vivre, il faut bien mener sa
barque, on ne peut pas s'insurger toujours ;
on a besoin d'un peu de paix pour faire des
enfants, travailler, s'aimer et vivre.

À l'aube, on prit le chemin des Invalides. On voulait des fusils pour se défendre
contre les armées du roi. De toute la ville,
des petits groupes se formaient en direction
du Champ-de-Mars. Vers neuf heures, des
milliers de personnes se tenaient déjà derrière les grilles ; il y eut quelques coups de
feu. Le marquis de Sombreuil parlementa.
De minute en minute, la foule était plus
dense. Les grilles se mirent à trinquer dans

leur socle de pierre. Bientôt, ils furent plusieurs dizaines de milliers. Et des milliers de personnes ça n'est pas un monôme d'étudiants, ça ne peut pas se disperser d'un coup de trique. Versailles était muet, le vieux marquis ne savait plus quoi faire. Les grands événements se passent souvent de cette manière, le pouvoir est vacant, silencieux, prudent peut-être, et les grands commis hésitent tandis que les dés roulent sur la table.

Vers dix heures, le gouverneur ouvre les grilles, sans doute pour causer, mais on ne tient pas une foule en laisse, une foule ne parlemente pas, ne discute pas, n'aime pas attendre. Les jeunes se bousculent, ceux qui sont à l'arrière et ne voient rien poussent en riant, allez ! allez ! Et l'instant arrive, laconique, les gonds se tordent, la foule braille, les paroles de Sombreuil se perdent entre les pavés. Personne n'entend ce qu'il dit, tout le monde s'en fout. Les gardes ne peuvent plus tenir. Le nombre tranche. Sombreuil s'écarte ; et l'humanité entre. Tous les âges, tous les sexes, tous les métiers, toutes les gueules possibles, vieux bonnets, mains calleuses, loufoques, maroufles, papillons de nuit, bourgeois, cuités, lavettes, rôniers,

tous enfoncent les grilles, déplombent les
arches tutélaires, et riant, hurlant, inondent
la grande cour. Là, on s'arrête un instant,
éberlué – c'est beau les Invalides ! les cor-
beilles de fruits, les cornes d'abondance, les
grandes fenêtres, les arcades ! Mais la cohue
les bouscule à leur tour.

   Alors, les vétérans se rallient aux émeutiers ; leurs destins se touchent. Ils les
guident parmi les dédales du palais. Et
c'est une immense farandole ; les couloirs
défilent, les escaliers tournent, on descend
en tâtonnant, comme ivres, bousculés de
toute part, on s'enfonce dans les grands
souterrains. Deux kilomètres de boyaux,
de tunnels, où sont entreposés trente mille
fusils couchés sur leur lit de paille. La confusion est terrible, on s'écrase, on étouffe. On
aboie en tombant sur les marches de pierre.
Pris de fièvre, les bras se tendent, saisissent,
attrapent. Puis, mains en visière, éblouis, se
frayant un difficile chemin parmi la foule
qui dégringole dans l'autre sens, ils ressortent de terre. Dieu que c'est beau un
fusil, que c'est vertical. On dirait un jouet,
un outil, un sceptre.

CITADELLE

Voici le temple d'Horus. Huit tours.
Qu'un mur relie. Trois mètres d'épais-
seur. Le mutisme. La surdité. Peu d'ouver-
tures. Aveugle. La citadelle. Très haute.
Construite en douze ans. De porte, elle
devint bastide, flanquant la ville. Fausse
porte, donc. Forteresse, entrepôt, arsenal,
coffre-fort, prison. Elle a ses oubliettes,
comme tous les châteaux de son temps,
ventre mort. Figure inexpressive de la vieille
Égypte. Dieu de sable et de pierre. Masse
énorme. Bégude. Tarasque. Bàou. On ne
sait quel sens te donner, si tu fus la grande
chose obscure, Orion, Cocyte, dieu du
silence, âme morte, pétrifiée. Ou si tu fus
tout autre chose, que nous ne savons plus,
Anat, la pureté de tes proportions le dissi-
mulant, l'ire et la misère s'étant jointes à te
jeter bas.

Ce qui frappe tout d'abord, c'est une disproportion. Entre le quartier Saint-Antoine, les petites maisons, les cabanes derrière, les immeubles même, et la Bastille. Elle surplombe le quartier. Elle le couve. On se demande ce qu'elle fait là.

Elle sidère.

Toute la nuit, des groupes s'étaient formés sous les tours. Dans la citadelle, les gardes n'étaient pas tranquilles. Des coups de fusil avaient claqué dans le vide. Une foule muette et récalcitrante errait autour des murailles. On savait que la poudre était là, que le gouverneur de Launay l'avait fait transporter nuitamment depuis l'Arsenal à la forteresse, et qu'il avait pris d'autres précautions, comme ces brouettes de pavés qu'on avait vu charger en haut des tours. Très tôt, les émeutiers du Faubourg étaient venus de plus en plus nombreux. Des enfants s'amusaient dans le ruisseau, des chiens aboyaient ; il y avait aussi de grandes mouettes. Ah ! nous ne pourrons jamais savoir, nous ne saurons jamais quelle flambée parcourut les cœurs, quelle joie ; nous pourrons peut-être brûler du même feu, mais pas le même jour, pas la même heure, nous pourrons bien interroger minutieusement les mémoires, parcourir tous les témoignages, lire les récits, les journaux, éplucher les procès-verbaux, on ne trouvera rien. La véritable pierre de Rosette, celle qui permettrait d'être partout chez soi dans le temps, nous ne l'avons jamais trouvée. La vérité passe à travers nos mots, comme le signe de nos secrets.

Dès le matin, l'attroupement avait grossi autour de la Bastille. Il y eut des chiens qui aboyaient, un mulet qu'on tirait vers Paris, des jeunes gens ivres. Oui, il y avait des vieux très pauvres, des commerçants très gros et des jeunes filles très belles. Nicolas d'Arras était là, dès six heures, dans la cour de l'Arsenal. Il y était avec les deux Moreau, François, lieutenant, qui a vingt-trois ans, et Philippe, capitaine, qui est l'aîné et n'a qu'un an de plus. Des gardes-françaises sont là, petits bonshommes bleu-blanc-rouge. On aperçoit une nuée de tricornes et de bonnets à poils. D'abord clairsemée, une foule n'est presque rien, ça prend l'air de tous les côtés, on n'a pas peur, l'excitation est encore toute petite. Puis les mailles se resserrent, insensiblement, on dirait que l'eau monte, et soudain les coudes se touchent, la rumeur est énorme. Ah ! comme ça enfle, et ces jeunes

gens dépeignés, là, qui se marrent ! et cette
vieille mère qui se mouche dans son tablier !

Comme ce dut être excitant d'être là dans
le petit jour, de se chambrer et de rire – de
ruser avec la peur. Il n'y a rien de plus beau
et de plus grisant que le petit jour. Un vent
frais soulève les chevelures, gonfle les che-
mises. On arrive de tous les coins de Paris,
inquiets mais heureux. Une foule déjà nombreuse avance jusqu'aux baraquements qui
bordent la Bastille. Ils aperçoivent les fusils
braqués du haut des tours. Eux n'ont que des
bâtons, des pavés, quelques fusils, bien peu
de poudre. On fraternise avec les gardes-
françaises et tous ceux qui se tiennent au
pied de la forteresse. C'est une ambiance
curieuse, électrique. On se sent proches sans
se connaître. On échange quelques mots, on
rigole ; quand soudain, depuis la Bastille,
partent des coups de feu. Deux hommes
tombent, morts. Un garçon de quinze ans
a le bras percé. La foule se répand par le chemin tournant, le long des boutiques ; on se
blottit contre les murs de la cour, on se dis-
perse en poussant des cris.

Un type fait de grands gestes de rallie-
ment, il poste quelques hommes le long des

casernes, qui font aussitôt feu sur les tours ;
mais les balles éraflent la pierre. Ce type,
c'est Fournier. À peine sorti de l'enfance, il
s'est fait domestique, puis il est parti à l'aven-
ture, à quinze ans, pour Saint-Domingue,
d'où il rapporta ce grand surnom : l'Américain. Il est sans vernis ; il a peu étudié ; il sait
à peine écrire. Mais il sait mener la troupe.
La vie s'est agrandie toute seule autour de
lui, il a écouté d'une oreille indiscrète aux
portes de service, vécu dans les bistrots.

Un instant, le quartier semble mort. Les
deux cadavres restent couchés au milieu
de la cour, comme de la paille après l'orage.
Puis la foule revient lentement, longeant
les murs. Mais les coups de feu reprennent.
Un garçon de douze ans est touché. Il est là,
seul, incapable de se relever. Fournier lui crie
de ne pas bouger, ils vont venir. L'homme
est envahi par ce mélange de colère et de
pitié qui est le fond brûlant de son carac-
tère. Soudain, les gardes-françaises sortent
de leur retraite et tirent en direction de la
Bastille. Fournier a le cœur qui bat, il se
lance à travers la cour.

Bras sur l'épaule, il traîne le garçon à
l'abri des balles. Et aussitôt, on décide de
le transporter à l'Hôtel de Ville, la blessure

est mauvaise, il faut partir tout de suite,
on ne va pas le laisser crever. On le hisse à
la sauvette sur un bout de planche. On le
trimbale en cahotant jusqu'à la rue. Mais
la rue Saint-Antoine semble soudain bien
longue, la planche scie les doigts, le garçon
geint. Fournier a pris une balle, lui aussi ;
il boite. Il ameute tous les gens que l'on
croise. Il commet de terribles exploits de
langage, il hurle qu'il faut des armes et de la
poudre, il parle comme un placardier, pour
les poteaux, les murs, les palissades. Quand
on lui répond qu'il faut aller demander
tout ça à l'Hôtel de Ville, il raconte, la
litière appuyée sur la jambe, qu'ils y ont
déjà été, qu'on ne leur donnera rien, que
le maire de Paris est un jean-foutre. Derrière eux, le feu continue ; mais une fois
dépassé Saint-Paul, on dirait que cela s'arrête, la fusillade fait un bruit intermittent
et lointain. Des gens approchent timidement. On demande ce qui est arrivé au
gamin. Fournier raconte tout et de nouveau s'emporte. Un petit vent lui balaye
la figure. Avec lui, la Révolution commence
par la rue. La foule s'écarte. Les hommes
sont épuisés, des inconnus les aident. On
fait une halte près de la fontaine ; on pose

la civière en titubant. Fournier trempe
un mouchoir dans l'eau pour le front du
blessé.

Parmi les porteurs, il y a un type très
grand ; il soutient à lui seul un côté du
brancard. Fournier le regarde. C'est un
Noir. Fournier et le Nègre se regardent.
L'enfant divague et gémit. On le dépose
près de la fontaine ; Fournier et le Noir se
penchent sur lui. Je vois les deux hommes
et l'enfant, mais peut-être que je rêve.
J'hallucine l'homme irascible, Fournier,
l'homme de querelle, le petit-maître ruiné,
converti à la colère, et le Noir, Delorme,
tous deux, face à face, au petit matin. Et si
Fournier est un ancien colon, s'il a monté
sa fabrique de tafia à coups de trique et s'il a
tout perdu, le Nègre n'est pas n'importe qui
non plus. Il s'appelle Guillaume Delorme.
Quelque temps plus tôt, lors d'une réunion de colons chez l'avocat Joly, sa présence a été remarquée ; en bas du cahier
de doléances, pour faire enrager les autres,
il a signé *de Lorme* ; un Nègre à particule.
Plus tard, bien plus tard, lorsque le tor-
rent aura tout emporté, on le retrouve, le
2 prairial, il braque un canon sur l'Assemblée nationale ; dans les rues du faubourg

Saint-Antoine, il dresse la dernière barricade de la Révolution.

Le soleil rosit les façades du Marais. Les miroirs reculent. Un chiffonnier récolte les sanglots. Fournier se torche avec sa manche sans lâcher l'autre du regard. Et je les imagine, Fournier l'Américain, dont l'amertume se confond au courroux politique, et Guillaume Delorme, le Nègre sans-culotte, l'un blanc, l'autre noir, comme deux cordes que l'on tresse, s'examinant, curieux, se vérifiant, se reniflant peut-être, quelque part entre l'église Saint-Paul et la Croix-Blanche. Je les imagine penchés sur un garçon blessé. Ils ont traversé l'océan, l'un, enfant d'esclave, entre des barils de sucre, en direction de l'Europe, l'autre, petit crotteux, partant chercher fortune aux Antilles. Leurs vies se sont croisées, emportées dans des contradictions sans retour. Mais la vie rectifie parfois la trace de nos luttes ; Fournier a tout perdu et il est revenu en arrière, maugréant. Et maintenant, les voilà autour d'une civière, en train de tenir, l'un, un mouchoir humide, l'autre, la main froide du garçon. L'Atlantique passe au-dessus d'eux sous forme de nuages.

Le blessé a soif. Le Nègre lui donne à boire. L'enfant sourit et caresse ses cheveux

crépus. Le Nègre rit. Les yeux du gamin se
ferment. Sa lèvre tremble. Delorme laboure
sa chemise, la blessure est toute rouge ; il la
panse comme il peut. Ses mains noires sont
pleines de sang. Fournier parle doucement
et, dans sa paume, il tient la tête du petit
qui pleure. Il ne va pas mourir, la journée
commencerait bien mal. Des gens affluent
de toutes parts, se pressent, émus, dans le
petit matin, ils demandent ce qui se passe ;
les coups de fusil les ont réveillés. "On tue
les enfants !" répond Fournier.

*

Vers dix heures et demie, les émeutiers venant
des Invalides déboulent par toutes les rues
environnantes. Les places se remplissent,
les abords de la prison sont bondés. Une
rumeur circule. Un gamin court entre les
groupes et gueule qu'un bataillon du roi
arrive par le nord. On discute sur les pas de
porte. On se hèle. Quelle misère ! Un com-
merçant propose qu'on aille à l'Hôtel de
Ville ; il faut avertir l'Assemblée, réclamer
du secours à Lafayette. Mais aussitôt, c'est
la bousculade, on hurle que Lafayette est un
jean-foutre, que le prévôt est un jean-foutre,

on s'empoigne. Entre discussions de petits marchands et caquet de poissardes, un gros type, barbe noire et chemise entrouverte, parvient à ameuter quelques hommes ; et ils s'en vont vers la porte Saint-Denis afin d'arrêter les soldats. Mais ce ne sont pas les armées du roi qui entrent dans Paris, ce sont des hordes de déserteurs.

On dit qu'il y eut, ce jour, près de deux cent mille personnes autour du monstre – ce qui représente la moitié de la ville, une fois retranchés les nouveau-nés, les vieillards et les malades ; cela veut dire que tout le monde y est. Ce doit être une foule prodigieuse, une sorte de totalité. On ne voit jamais ça. La totalité se dérobe toujours. Mais ce matin-là, le 14 juillet, il y a les hommes, les femmes, les ouvriers, les petits commerçants, les artisans, les bourgeois même, les étudiants, les pauvres ; et bien des brigands de Paris doivent y être, attirés par le désordre et l'opportunité incroyable, mais peut-être aussi, comme tout le monde, par autre chose de plus difficile à nommer, de plus impossible à rater, de plus jubilatoire.

Dans la forteresse, l'inquiétude grandit. Le gouverneur grimpe sur les tours. Il entend l'immense foule râler, tout en bas,

il la voit qui tribule autour comme un lavis
bouillant. On dirait que Paris vient d'être
frappée par une immense baguette de sour-
cier ; de toutes parts, ça s'écoule, entre les
murs jaunis, à travers les jardins et le long
des fosses. Il y a des gens partout. Il faut imaginer ça. Il faut imaginer un instant le gouverneur et les soldats de la citadelle jetant un
œil par-dessus les créneaux. Il faut se figu-
rer une foule qui est une ville, une ville qui
est un peuple. Il faut imaginer leur stupeur.
Il faut imaginer le ciel obscur, orageux, le
lourd vent d'ouest, les cheveux qui collent
au visage, la poussière qui rougit les yeux,
mais surtout, la foule de toutes parts, aux
bords des fossés, aux fenêtres des maisons,
dans les arbres, sur les toits, partout.

   Durant sa longue histoire, la Bastille
avait été déjà prise trois fois. La première,
pendant la journée des barricades, le
13 mai 1588. La deuxième, lors de l'entrée
d'Henri IV dans Paris ; elle résista quelques
jours et finalement tomba. La troisième,
durant la Fronde. Mais le 14 juillet, la Bastille n'est pas assiégée par le duc de Guise et
quelques marauds, elle n'est pas tourmentée
par les armées du roi de France, ni par celles
du prince de Condé. Non. La situation est

tout à fait nouvelle, sans exemple dans les
annales. Le 14 juillet 1789, la Bastille est
assiégée par Paris.

PARIS

UNE VILLE est une énorme concentra-
tion d'hommes, mais aussi de pigeons,
de rats, de cloportes. Les villes sont apparues
il y a environ cinq mille ans, elles sont nées
quelque part entre le Tigre et l'Euphrate,
comme l'agriculture, l'écriture ou le jardin
d'Éden. Caïn serait à l'origine de la première ville, au pays de l'errance. Et, en effet,
chaque ville est bien une réunion d'émigrés
et de traîne-savates, on y retrouve tous les
apatrides. Les métaux et l'art de la flûte y
seraient nés. Ce sont souvent les villes que
Dieu châtie, Hénoch par le Déluge, Sodome
et Gomorrhe par une pluie de feu et Jéricho
en un coup de trompette. C'est que la ville
est le moyen que l'homme a trouvé d'échap-
per au projet de Dieu.

Mais cette fois-ci, le 14 juillet 1789, Ba-
bylone sera plus forte que le Déluge, plus

vive que la fournaise, plus bruyante que
toutes les trompettes. À présent, la ville est
immense, Paris est une des plus grandes
villes du monde, ce n'est plus une cité, avec
son agora, son forum, c'est une grande ville
moderne, avec ses faubourgs, la misère qui
s'agglutine autour d'elle, saturée de nouvelles et parcourue de rumeurs. On y trouve
des gens de toute la France, de l'étranger
même, des émigrés parlant leur patois,
mêlant leurs vies, et accédant à l'expérience
du très grand nombre, l'anonymat. Oui,
désormais, nous sommes anonymes, dégar-
nis de la famille ancienne, purgés des rap-
ports féodaux, désempêtrés du coutumier,
délivrés du proche.

Paris, c'est une masse de bras et de jambes,
un corps plein d'yeux, de bouches, un
vacarme donc, soliloque infini, dialogue
éternel, avec des hasards innombrables,
de la contingence en pagaille, des ventres
qui bouffent, des passants qui chient et
lâchent leurs eaux, des enfants qui courent,
des vendeuses de fleurs, des commerçants
qui jacassent, des artisans qui triment et
des chômeurs qui chôment. Car la ville est
un réservoir de main-d'œuvre pas chère.
Or, on apprend beaucoup, à chômer. On

apprend à traîner, à regarder, à désobéir, à maudire même. Le chômage est une école exigeante. On y apprend que l'on n'est rien. Cela peut servir.

Une ville est un personnage. Pas de vaudeville ou de tragédie, non, un personnage pour pièce en plein air, sans figurant, sans chœur, sans mise en scène. C'est une masse, une foule, cohue grisante, une flopée, une multitude. À Paris, on est venu de partout, de Pontarlier, de Gigny, d'Épernay, de Loudun, de Guémar, de Montpeyroux, de Quenoche, de Verrières, et on est devenu tailleur, cordonnier, manouvrier, commis, mendiant, putain. Ils s'appellent Mathieu, Guillaume, Firmin, de leur nom de famille, car les pauvres n'ont souvent pas mieux à se mettre. Ils peuvent aussi porter noms et prénoms pareils, Pierre Pierre, Jean Jean ; cela signe deux fois leur pauvreté. Ils ont aussi des noms de métiers, Mercier, Meunier, Lesaulnier, Vigneron, car ils bossent, oui, avant tout ils sont là pour ça, pour peiner. Mais encore des noms ridicules, Godailler, Quignon, Fagotte, Bourgeonnau, Tronchon, Pinard, puisqu'ils ne sont rien que mouches et vermines. Ils ont aussi des sobriquets, Pasquier dit Branchon, Munsch dit

Meuche, Heu dit Harmand, Mais bientôt
on aura un nom, on s'appellera Étienne Lan-
tier, Jean Valjean et Julien Sorel.

*

En un siècle, on a dressé plus d'une centaine
de cartes de Paris ; mais de toutes parts,
la ville avance. Elle change de forme et
déborde toujours. En 1705, le géographe
Nicolas de Fer grave un plan de Paris pour
les besoins de la police ; mais aussitôt que
la carte est finie, patatras, elle est trop exi-
guë, la ville éclate. Jean de la Caille s'y col-
tine. Ce seront vingt planches très belles,
de petits morceaux découpés comme des
parts de gâteau. Mais là encore, les crieuses
de tisanes et de vieux chapeaux suivent toujours plus loin les diligences poussiéreuses,
la ville fait des siennes, l'étouffante menace
d'être seule la torture, elle étend les bras,
s'étire dans les marais, ouvre les jambes.

Déjà, Louis XIII, quoique galant homme,
avait décidé de fixer des bornes à Paris, de
corseter la ville, et l'administration royale
s'était employée à poser des barrières, des poteaux. En vain. La ville s'étalait. À son tour,
Louis le Grand tenta le coup ; il souhaitait

enfermer Paris dans des limites raison-
nables ; son projet ne l'était pas. La ville
grandit, grandit, et sous la Régence, elle
s'outrepassa. Jaillot fit une nouvelle carte,
mais à peine l'eut-il achevée que, quelques
minutes plus tard, elle périma. Aussitôt
majeur, Louis XV se jette dans l'arène, et
l'abbé Jean Delagrive, qui avait déjà publié
dix ans auparavant un plan de la capitale
avant de le détruire, le jugeant trop impar-
fait, accepte le défi. Il procède à de nombreux relevés, s'abandonne aux méandres
glaiseux de la réalité, se perd dans les dédales
de petites rues, d'impasses, se retrouve finalement, et lorsque les Champs-Élysées appa-
raissent pour la première fois sur une carte,
c'est sur la sienne. Trop tard, la ville est déjà
partie, elle a encore écarté les pattes. Alors,
on sort le grand jeu, le pouvoir en a marre
de cette capitale toute bosselée, on nivelle,
on arase ; il faut que la ville soit aussi plane
qu'une carte de géographe, aussi douce
qu'une feuille de papier. Et puis les plans se
multiplient, se chevauchent, le Scotin, le
Cassini, un autre Delagrive, le Seutter, le
Vaugondy, le Deharme, un dernier Jaillot
se succèdent dans un hoquet. Rien n'y fait.
La ville sort d'elle-même, se pâme, se vomit,

exhibe ses bosses ; Belleville et Montmartre sont désormais dans Paris.

Enfin, Louis XVI, le débonnaire, monte sur le trône ; mais comme tous les tyrans indulgents, magnanimes, il sera plus féroce que ses prédécesseurs. Il veut tout de même la tenir, sa capitale. Sous son règne réputé bonace, on planimétrise à tour de bras, Esnauts & Rapilly font une merveille de petite carte ; vient ensuite celle de Bonne, où la Seine dessine son beau point d'interrogation à l'envers ; puis Esnauts & Rapilly récidivent, tentant de se surpasser. Et bien d'autres cacographes grimperont ainsi sur le cheval de bois et entreront dans le manège. De carte en carte, la ville grandit à vue d'œil comme un enfant sur les photographies, comme si l'on feuilletait un furieux folioscope. Ah ! ils feraient bien d'attendre un petit peu, ces géographes, qu'elle ait terminé de s'allonger pour en tirer le portrait. Mais non, ils veulent la prendre sur le vif et la déposer aussitôt sur son lit de mort. La ville n'y consent pas. Versailles se fâche ; puisque la ville ne veut pas se tenir tranquille, on va la ceindre d'une immense barrière, tout autre chose que la vieille muraille de Philippe Auguste. Il y aura des portes,

des péages ; les fermiers généraux feront
payer leurs droits d'entrée, la ville sera tenue
en otage, on pourra lui faire rendre gorge.
Et, en effet, Paris est enfermée ; à coups de
briques et de pierres de taille, la ville est
entourée d'un gigantesque mur. On enclôt
plus de trois mille hectares. Les travaux sont
menés tambour battant ; 1786, l'enceinte
méridionale est terminée ; 1788, Ledoux
voit s'achever la rotonde de la Villette et,
par son splendide puits de lumière, il peut
mirer le ciel. Les Parisiens maugréent.

Mais le mur est à peine terminé, on n'a
pas même pendu la crémaillère, que dans la
nuit du 12 au 13 juillet, les Parisiens incen-
dient ses barrières et percent de nombreuses
brèches dans l'énorme coquille. Pauvre mur
des Fermiers généraux ! il n'aura pas tenu
plus longtemps que les cartes de la ville.
Ni la géométrie foncière ni l'art des clô-
tures ne sont parvenus à boulonner cette
énorme masse d'hommes. D'ailleurs, la ville
est un vaste chantier, les piétons slaloment
entre les échafaudages, les tas de sable et de
pierres. Les rues se prolongent, les vieilles
maisons sont démolies, et la ville continue
de s'étaler sans cesse, lascive, concupiscente.

LA FOULE

Il faut écrire ce qu'on ignore. Au fond,
le 14 Juillet, on ignore ce qui se produi-
sit. Les récits que nous en avons sont empe-
sés ou lacunaires. C'est depuis la foule sans
nom qu'il faut envisager les choses. Et l'on
doit raconter ce qui n'est pas écrit. Il faut le
supputer du nombre, de ce qu'on sait de la
taverne et du trimard, des fonds de poche
et du patois des choses, liards froissés, croû-
tons de pain. Le plancher bâille. On aperçoit
le très grand nombre muet, masse apha-
sique. Ils sont là, à la Bastille, il y a de plus
en plus de monde dans les rues, tout autour.
Ceux qui ne possèdent pas de fusils se sont
armés de bâtons, de méchants bouts ferrés,
de merlins, de tire-bouchons, qu'importe !
Depuis l'Arsenal jusqu'à Saint-Antoine, les
quais et les rues sont noirs de monde. Les
gueux, les décrotteurs, les cochers, tous les

campagnards venus chercher pitance à Paris
sont là. Les étudiants arrachent les pieux des
palissades, les pieds des tabourets, les bras
des charrettes. On saute, on crie. De lourds
nuages roulent sur le ciel. On pisse devant
les portes.

Qu'est-ce que c'est, une foule ? Personne
ne veut le dire. Une mauvaise liste, dres-
sée plus tard, permet déjà d'affirmer ceci.
Ce jour-là, à la Bastille, il y a Adam, né en
Côte-d'Or, il y a Aumassip, marchand de
bestiaux, né à Saint-Front-de-Périgueux, il
y a Béchamp, cordonnier, Bersin, ouvrier du
tabac, Bertheliez, journalier, venu du Jura,
Bezou, dont on ne sait rien, Bizot, charpentier, Mammès Blanchot, dont on ne
sait rien non plus, à part ce joli nom qu'il
a et qui semble un mélange d'Égypte et de
purin. Il y a aussi Boehler, charron, Bouin,
corroyeur, Branchon, dont on ne sait rien
du tout, Bravo, menuisier, Buisson, tonne-
lier, Cassard, tapissier, Delâtre, buraliste,
Defruit, forgeron, Demay, maçon, Delore,
limonadier, Desplats, maréchal-ferrant,
Devauchelle, porteur d'eau, Drolin, serrurier, Duffau, cordonnier, Dumoulin, culti-
vateur, Duret, boulanger, Estienne, inconnu,

Évrard, passementier, Feillu, ouvrier en laine,
Génard, employé, Girard, professeur de mu-
sique, Grandchamp, doreur sur métaux,
Grenot, couvreur, et Grofillet, et Guérin, et
Guigon. Ah ! ça en fait des mammifères, des
petits bonshommes de Breughel.

Et il y a encore Guindor, layetier, Hamet,
marchand de fruits, Havard, concierge,
Héric, inconnu, Heulin, journalier, Jacob,
de la Marne, Jary, cantonnier, Jacquier,
inconnu, Javau, pompier, et Joseph, charpentier ! C'est étrange les noms, on dirait
qu'on touche quelqu'un. Ainsi, même
quand il ne reste rien, seulement un nom,
une date, un métier, un simple lieu de naissance, on croit deviner, effleurer. Il semble
qu'on puisse entrevoir un visage, une allure,
une silhouette. Et, entre les mâchoires du
temps, on croit parfois entendre des voix,
celle de Jouteau, chaudronnier, celle de
Julien, cafetier, celle de Klug, fabricant de
chandelles, de Kabers, le Prussien, de Kopp,
le Belge, de Lamouroux, le mécanicien,
de Lamy, ouvrier au port, de Lamboley,
le journalier, de Lang, le cordonnier, de
Lavenne, le maçon, du ferblantier Lecomte,
et même celle de Lecoq, qui n'a pourtant
pas laissé plus de traces qu'une mouche.

Il y a des milliers de types en tablier, avec
leurs piques, leurs haches, leurs couteaux.
Il y a Peignet, dont la mère s'appelle Anne
Secret, ce qui est sublime ; Richard, qui fi-
nira aveugle, aux Invalides. Sagault, qui va
mourir dans une heure. Julien Bilion qui
cause, plus loin, avec des camarades. Il y a
Poulain, ouvrier à bras, Vachette, journalier,
Jonnas d'Annonay, Jacob du Bas-Rhin, et
Secrettain de Boissy-la-Rivière, et Raison,
et Cimetière, et Conscience, et Soudain, et
Rivière, et Rivage.

Bien sûr, un nom ce n'est pas grand-
chose. Un métier, une date, un lieu, modeste
état civil, une étiquette. Ce sont les syllabes
de la vérité. Legrand, qui était concierge,
Legros, capitaine, Legriou, monteur en pen-
dules, Lesselin, manouvrier, Masson, le clou-
tier, Mercier, le teinturier, Minier, le tailleur,
Saunier, l'ouvrier en soie, Terière, le scieur
en long, Mique, le serrurier, Miclet, le jean-
foutre, les frères Moreau, jean-foutres eux
aussi, Motiron, le fabricant de lacets, Navi-
zet, le doreur, Nuss et Oblisque, les que-
dalle, ont tous bel et bien vu le jour et
boulonné et bouffé et bu et marché de long
en large dans Paris, et ce jour-là, c'est en
chair et en os qu'ils étaient à la Bastille. Oui,

il y avait Pinon, le bottier, Paul, le méde-
cin, et Pinson, et Potron, et Pitelle, oui, ils
étaient tous là, derrière leur barbe de trois
jours et la grille rouillée de l'âme, baragoui-
nant, au pied des murailles de pierre.

Oui, tout en bas, entre les arbres du jardin de l'Arsenal et les ruelles du Faubourg,
nous savons qu'il y avait un Plessier, et un
Ramelet, vendeur de pinard, qui sûrement
gueula tant qu'il put, et il y avait un Pyot
du Jura, un Raulot de nulle part, un Ravé
de je ne sais où, un Quantin, sans adresse,
un Quenot ! Il y avait même un Poulet,
paraît-il, et un Quignon, un Rebard, un
Robert, un Rogé, un Richard. Il y en avait
pour tous les goûts, il y en avait pour le bottin entier. Il y avait un Roland de un *l* et un
Rolland de deux, il y avait un Roseleur et un
Rotival. Ah ! que c'est émouvant les noms
propres ; le bottin de la Bastille, c'est mieux
que la liste des dieux dans Hésiode, ça nous
ressemble davantage, ça nous rafraîchit la
cervelle. Alors continuons, ne nous arrê-
tons pas, nommons, nommons, rappelons
les faméliques, les cheveux longs, les gros
blairs, les yeux louches, les beaux gars, tout
le monde. Rappelons un instant ce Saint-
Éloy, qui par un heureux hasard des noms

vit à Saint-Éloi, et qui fait le beau métier
de teneur de bains, rappelons Saveuse, le
gendarme, Sassard le couillon, Scribot, le
cul-terreux, Servant, l'employé, Serusier,
le marchand de légumes, et les deux Simo-
nin, l'un de Ludres, l'autre de Bayonne, et
Thurot, de Tournus, et le grand Athanase
Tessier, que personne ne connaît, venu de
Gisors, tout seul sans doute, et qui à 23 ans
se trouve là, au milieu de la foule, heureux.
Car ils sont drôlement jeunes devant les
fossés de la Bastille. Taboureux a 20 ans,
Thierry a 26 ans, et l'autre Thierry en a
19, et le troisième Thierry, dont on ne sait
pas l'âge, ne devait pas être plus vieux. Tis-
sard a 23 ans, Touverey, 21 ans, Tramont,
20 ans, Tronchon, 21 ans, Valin, 22 ans. Il
n'y a rien de plus merveilleux que la jeunesse. Mais il y a aussi les noms sans date,
sans métier, sans rien, plus émouvants peut-
être, les Verneau, les Vichot, les Viverge,
qui dit mieux ? Il y a Perdue, dit Parfait.
Paul, dit Saint-Paul. Vattier, dit Picard.
Bouy, dit Valois. Bulit, dit Milor. Cadet,
dit Labrié. Cholet, dit Bien-aimé. Il y a les
pères et les fils, les frangins. Guillepain Ier
et Guillepain II. Tignard Ier et Tignard II.
Il y a Voisin Ier et Voisin II. Les deux Caqué.

Les deux Camaille. Quatre Baron. Il y a Berger et Bergère. Il y a Goutte et les deux Goutard. Il y a Petit, il y a Lenain. Il y a Villard, dit Commissaire. Il y a Becasson. Il y a Boulo, il y a Bourbier. Il y a Caillou, il y a Canon. Il y a Quitte, il y a Pardon. Il y a Renard, sorti de son roman. Il y a Robin, sorti de sa chanson. Il y a Roussel qui est cadet. Il y a Lelièvre et Leloup. Il y a Leblanc et Lenoir. Il y a Ride et Ridelle. Il y a Tiné et Tinard. Il y a Têtu. Il y a Tondu. Et puis les noms se démolissent, ils s'usent les uns contre les autres, ainsi il y a Pahn et Prou, Wouasse et Onasse, Et puis ce Pecheloche, au nom si doux, et ce Pasquier dit Branchon, et ce Parmentier, vivant à Regret, et ce Pierrat, vivant à Liesse.

La plupart sont des étrangers. Ils sont venus chercher du travail et s'agglutinent dans les faubourgs. Le pays d'où ils viennent parle le béarnais, le basque, le berrichon, le champenois, le bourguignon, le picard ou le poitevin, et même des sous-patois, le maraîchin, le mâconnais, le trégorrois, à l'infini. Ainsi Jary venait de Saint-Mars-d'Outille, Houard venait de Jouy, Falize était d'Amiens, Folley de Citers, Garneret de Quenoche, Garson de Beuvrage ; et il y avait des émigrés arrachés de plus loin, Medel importé de Mutzig, Cabers importé de Louvain, Kiffer contrebandé d'Oberdorff, et le beau Calcina Melassi venant du Piémont.

Ah ! on éprouve un curieux sentiment de bien-être, une sorte de bonheur qu'on ne connaissait pas. On a dégringolé en chantant jusqu'à la Croix-Faubin. Fagotte cause avec un type qui est de Pontarlier et porte le nom mémorable d'Athanase Gachod. Et tout le monde cause. Lapie, qui est de Paris, cause avec Melot, qui est de Malbrans. Naizet, le forain, cause avec Collet qui vient de Landrecies. Tous les accents se mêlent, les patois, les métiers. Ferry qui vient de la Sarre, Feuillet qui vient d'Issoudun et Boussin qui vient de La Vèze et Bournillet qui descend d'Allonnes et Bezou qui vient de nulle part et crèvera du choléra à Paris quarante ans plus loin, et Bastide qui vient d'Aimargues et y retournera crever dans la misère, et Bock et Boisson, et les deux Bocquet, l'un de Venarrey et l'autre de Dompierre. C'est dingue ce qu'un faubourg contient de vies. Et si le temps a gardé trace de centaines d'hommes, des femmes, en revanche, il ne nous reste que quelques

noms : Marie Choquier, Catherine Poche-
tat, Marie Charpentier et Pauline Léon.
Le fleuve s'arrête là ; il entre dans le sable.
Et si les femmes sont si mal servies par nos
mémoires, si leurs noms de famille ont disparu, si leur adresse, leur date et leur lieu de
naissance ne nous sont point parvenus, il
nous reste du moins les prénoms du temps.
Elles s'appellent Thérèse ou bien Marie-
Thérèse, Louise ou bien Marie-Louise,
Catherine ou Marie-Catherine, Jeanne ou
Marie-Jeanne, Anne ou Marie-Anne, car il
y a des milliers de Marie dans cette foule du
14 juillet et des milliers de Jeanne, mais il
y a aussi Geneviève, Élisabeth, Madeleine,
Françoise, Gabrielle, Julienne et Marguerite, oui, elles sont toutes là, elles donnent
le bras à Bock et aux deux Bocquet, à celui
de Venarrey, comme à celui de Dompierre.
Avec Melot, elles partagent une pomme,
avec Barrot, elles échangent une plaisante-
rie, avec La Vèze et Bournillet, un sourire.
Mais on les appelle encore du nom de leur
mari, femme Garnier, femme Lorion, femme
Gerveau, femme Lambert, femme Blanchet,
femme Jutot qui bat le linge, femme Cotin,
qui picole au cabaret, femme Beaudra qui
essore ses torchons, femme Quinquet

qui souffle sa bougie, femme Titus qui
torche son gamin, femme Navet derrière son
comptoir et femme Bassin devant son lavoir.
Et puis ces femmes ont des métiers ; elles
sont étalantes sur les trottoirs, couturières,
ouvrières, polisseuses, loueuses de chaises,
crieuses de vieux chapeaux, vendeuses de
marée, marchandes de cannes, marchandes
de fruits, marchandes d'épingles, marchandes de cierges, marchandes de crêtes de
coq, marchandes de tout.

Et combien d'autres dont les noms tom-
bèrent à l'oubli ? Nul ne le sait. Nul ne les
connaît. Sans eux, pourtant, il n'y a pas de
foule, pas de masse, pas de Bastille. C'est
jusqu'à eux qu'il faut aller à travers la petite
forêt des témoignages, à travers cette lisière
qui s'effiloche, qui part des grands témoins
et s'efface à mesure que l'on va vers la foule,
à mesure qu'on s'approche du peuple. Ainsi,
depuis Cholat, marchand de vin, illettré,
qui laissera cependant un petit mémoire
dicté, jusqu'à Claude, qui avait alors vingt-
deux ans, était le fils d'Antoine, chaudronnier, et de Marie-Louise, et qui, en 1789,
vivait rue de Lappe, ce qui fait déjà une
petite histoire, on doit encore tirer un bout
de chemin et se rendre jusqu'à Roger, dont

on n'a que le nom, rien que ça, Roger, et
de là, à partir de ces deux misérables syllabes qu'on a tant hélées depuis, dans les
zincs, dans toutes les usines de France et
de Navarre, du fond du mutisme effrayant
des choses écrites, il faut enfin abandonner
toute trace, s'absenter des lettres, écarter les
archives, mordre le néant et tomber dans le
grand baquet où plus personne n'a de nom.

UN REPRÉSENTANT DU PEUPLE

LES NUAGES giflent le ciel. Le vent siffle par les rues, se tortille sous les toits, et fait de grandes écharpes de poussière. On cligne des yeux, on respire derrière un pan de veste. Une immense excitation a gagné les faubourgs, on craint les régiments royaux qui encerclent Paris, on se souvient de Réveillon, des trois cents morts ; on ne veut plus se laisser faire. Certains racontent que le prince de Lambesc fond sur l'Hôtel de Ville. Il faut des armes et de la poudre pour se défendre. Et, sans cesse, de nouveaux groupes d'ouvriers et d'artisans, d'hommes et de femmes, franchissent la porte Saint-Antoine. On parvient comme on peut à se glisser par le chemin de l'Avancée. Bock et les deux Boquet se font la courte échelle. Derrière eux, une femme leur demande ce qu'ils *voyent*. Toinette embrasse Bezou. Madeleine décoiffe Melot. Soudain, on s'écarte, une délégation de l'Hôtel de Ville avance au milieu de la foule. Les soldats repoussent les curieux. Trois hommes, Jacques Belon, officier de l'arquebuse, Charton, sergent aux gardes, et Billefond, sergent-major, tentent péniblement d'atteindre le premier pont-levis. Une loueuse de chaises amuse la galerie en les imitant. Il y a autour d'eux une grande multitude et ils ont bien du mal à se frayer un chemin ; on se moque un peu d'eux, on rit, on les bouscule gentiment. Voyant la foule immense qui suivait, le gouverneur de la Bastille leur fit savoir qu'ils ne pouvaient entrer que tous les trois, qu'il allait fournir quatre bas-officiers en otages. Enfin, la petite députation fut reçue.

Elle exigea poliment que de Launay retire les canons qui menaçaient la ville. On prétend que Bernard-René Jourdan de Launay était inexpérimenté, que sa défense fut mal préparée et qu'il montra beaucoup de faiblesse et d'indécision. Mais les jours précédant l'émeute, de Launay avait sérieusement renforcé les défenses. Il était aussi familier de la citadelle qu'il se peut ; fils d'un gouverneur de la Bastille, il serait même né dans ses murs. Sa fille ayant épousé le baron de Jumilhac, dont le père

avait été, lui aussi, gouverneur de la forteresse, de Launay était apparenté à la Bastille
doublement. Jusqu'à l'âge de neuf ans, il y
avait vécu, il avait couru sur les tours, far-
fouillé ses caves et joué à l'équilibriste sur
les affûts de canons. Il y avait passé toute sa
petite enfance. Le 14 juillet 1789, il avait
vécu à peu près vingt-deux ans dans la citadelle. Vingt-deux ans ! Ce n'était donc pas
un bleu-bite.

Les canons sont retirés des embrasures.
Le gouverneur invite la députation à déjeu-
ner. Mais la foule ne se calme pas. On est
montés sur les toits, on a grimpé sur les
réverbères, et à propos des trois types entrés
dans la Bastille, on commence à se poser
des questions. Les gens parlent, disputent,
argumentent. Les femmes distribuent du
pinard ; parmi elles, un nom est resté, celui
de Marie Choquier. Elle a vingt-trois ans,
sa mère est marchande de vin à Laval, c'est
tout ce qu'on en sait.

Chaque instant, la foule s'épaissit. Elle
est de plus en plus dense. Les émeutiers
des Invalides sont arrivés avec leurs fusils et
réclament de la poudre. Une deuxième délégation se fraie difficilement un chemin.

C'est la plus célèbre des quatre députations
qui eurent lieu ce jour ; à sa tête, Thuriot
de La Rosière, accompagné par deux soldats, Bourlier et Toulouse. Au pont-levis,
Thuriot laisse ses deux gardes du corps ;
un invalide le conduit auprès du gouverneur. Belon y était encore, il terminait un
rafraîchissement. Thuriot et lui se saluèrent,
aimables, puis Belon quitta la Bastille. Mais
la foule avait jugé le temps long ; on le bous-
cula, lui demandant ce qui s'était dit, ce
qu'il avait exigé ou obtenu, et comme ses
réponses étaient confuses et que la foule
était nombreuse, il fut un peu secoué. Un
brave type, Ribaucourt, vint à son aide et
parvint à le tirer de là. Ainsi se croisèrent,
dans un petit ballet comique, les deux premières ambassades. Les gens de l'Hôtel de
Ville souhaitent qu'on retire les canons afin
de calmer les esprits ; mais de distribuer la
poudre, il n'est pas question. Entre le peuple
et qui s'en improvise l'émissaire, il existe aussitôt un fossé. Toute la Révolution est déjà
là. La Plaine ou la Montagne. La Consti-
tuante ou la Convention. L'atermoiement
ou la volonté populaire. Il est onze heures
et demie du matin.

La délégation de Thuriot venait du district Saint-Louis-de-la-Culture. L'idée était de faire entrer une garde bourgeoise dans la place. Pour apaiser la foule, il voulut s'assurer que les canons avaient bien été retirés et n'étaient pas chargés ; il exigea de monter sur les tours. Le récit de cet épisode est le morceau de maître de Michelet, passage tourmenté, émouvant, où il exerce à merveille *le pouvoir des larmes*. Il invente un grand rôle, celui du parlementaire "sans peur ni pitié, ne connaissant nul obstacle". D'après le grand historien, Thuriot incarne "le génie colérique de la Révolution". Mais si tout cela emporte le lecteur, si le morceau est réussi et même tellement réussi qu'il résume à lui seul une certaine conception, humaine, sensible, de l'élan révolutionnaire ; si Jules Michelet parvient à faire de la députation de Thuriot de la Rosière le moment le plus éclatant de la journée, épisode emblématique qu'il dépose au centre de son dispositif littéraire, le nombril du 14 Juillet ; s'il nous enveloppe de mots, nous enivre de gloire, malgré le peu de conséquences qu'eut l'événement, s'il l'agrandit et le bedonne au point d'en faire une scène dantesque, un invraisemblable morceau de bravoure, c'est que, en un sublime tour de passe-passe, comme le diable transportant Jésus au faîte du Temple, il dresse la silhouette du délégué au-dessus du monde. Par un de ces grands envoûtements d'écriture, Michelet sépare le peuple, l'immense masse noire qui avance depuis le faubourg Saint-Antoine, de son représentant, qui devient le véritable protagoniste de l'Histoire.

Pourtant, après plus de deux heures, lorsque Thuriot de La Rosière sortit de la Bastille, on était bien loin de ce dithyrambe ; la foule le hua. Thuriot fut saisi au collet, des hommes armés de haches l'enveloppèrent. On criait contre lui. Bourlier et Toulouse, les deux fusiliers qui l'accompagnaient, étaient perdus dans la foule ; il fut un instant seul, tout seul. On le poussa, on l'interpella, on l'accusa. La tête dut lui tourner. Il avait alors trente-six ans ; électeur des députés du Tiers aux états généraux, s'il est assez grand orateur, homme de tribune et de salon, à la Bastille, en revanche, au beau milieu des petits artisans, des layetiers, des tailleurs, des chaudronniers, il n'est pas aussi à l'aise que sur une estrade. Et on le comprend, il a l'air d'un monsieur parmi ce petit monde. Ce n'est pas comme à l'Assemblée, lorsqu'après la chute de Robespierre, il tentera une conciliation entre montagnards et thermidoriens, ce ne sont pas des tractations de couloir qui peuvent le sauver ici, empoigné par un polisseur en marbre et un ouvrier des ports. Et Jacques Alexis Thuriot de La Rosière – lui qui sera député à l'Assemblée législative en 1791, proche de Danton, membre assidu du Club des jacobins, lui qui sera ensuite élu à la Convention, siégeant alors sur les bancs montagnards, et qui votera la mort de Louis XVI, lui qui participera en première ligne à la chute des girondins, qui entrera au Comité de salut public, mais rejoindra à l'automne le mouvement des indulgents condamnant la Terreur et, se faisant soudain plus discret, échappera à la charrette – quittera finalement la vie politique ; et longtemps après le 14 Juillet, bien longtemps après, il fera une belle carrière de magistrat ; si belle, qu'il deviendra avocat général à la Cour de cassation, puis le 15 mai 1813, sera fait chevalier d'Empire, par Napoléon. Et l'on peut se demander, un peu méchamment, certes, puisque les hommes incubent peut-être une part de leur futur dans de mauvaises

déterminations qui parfois l'emportent,
si ce jour-là, le 14 juillet 1789, il n'est pas
déjà un peu d'argent à croix d'azur char-
gée en abîme d'une étoile à douze rais d'or
cantonnée, à dextre, d'un œil ouvert – au
lieu du bon soldat Bourlier –, et à sénestre,
d'une balance de sable – à la place du fidèle
Toulouse –, comme son armoirie le consa-
crera plus tard.

Mais retrouvons-le, esquinté par la foule,
sans doute pris de vertige, se débattant, ne
parvenant pas à sortir du passage dont on
se disposait à fermer les grilles. À cet instant, nous sommes à des années-lumière du
très beau récit de Michelet, du colosse fièrement monté sur la tour, qui passe la tête aux
créneaux, et vers qui le peuple pousse une
immense clameur. Thuriot marche en crabe,
se protégeant le visage avec les bras, sa redingote est déchirée, une main l'attrape, les
boutons de sa veste sautent, on lui arrache sa
chemise. Maintenant, ses cheveux doivent
être moins bien frisés que sur le médaillon
où l'on peut admirer son profil, moins pro-
prement ramenés sur les tempes ; il doit être
tout ébouriffé, hirsute même. Et peut-être
qu'il n'entend pas ce qu'on lui dit, comme
bien des parlementaires après lui, il n'écoute

pas, il ne saisit pas *ce que veut* cette foule, il n'entend pas ce qu'on lui hurle, car il a déjà sa petite idée, ses intérêts, ses opinions. Il n'imagine pas que la multitude puisse savoir quelque chose, désirer quelque chose, avoir raison même, et qu'après tout, c'est bien elle le souverain, ce sont ces bonnes femmes qui jacassent, ces crétins qui crient, ces gens qui l'empoignent et exigent des comptes.

À cette minute, Thuriot entend peut-être les marmots qui piaillent, les chiens qui aboient, les roues d'une charrette heurtant le pavé. Il rêve. Il n'est plus là. Il est déjà vieux, en exil, à Liège. Il se députe lui-même dans le néant. Il négocie avec le nuage d'étoiles qui lui ombre les yeux, avec les bourdonnements de son crâne, le cornement à son oreille. Le passé le submerge, il vaticine devant les ouvroirs de la cathédrale, à Sézanne, sa ville natale, étourdi par le vacarme des cordonniers, dont les boutiques furent creusées aux flancs de l'église, comme des parasites qui rongeraient la pierre. Et tandis qu'on le castagne un peu, que sa chemise et sa redingote sont en lambeaux, Thuriot, dont la Rosière est à présent éclaboussée de salive, souillée par des mains sales, jaspée de jus de tabac, suffoque sous

l'haleine de Pichon peut-être, un chaudronnier qui était là, le 14 juillet, sous les tours,
ou de ce bon Perdue, dit Parfait, dont on n'a
que le nom et le sobriquet, ou bien pantelle
entre les poings fermés de Guigon, qui après
une carrière de soldat reviendra à Privas en
1802 et reprendra son beau métier de tailleur puis, plus tard, deviendra facteur, par la
grâce de la précarité. On dirait le panneau
de bois de Jérôme Bosch, à moins qu'il ne
soit d'un autre peintre, mystérieux et peut-
être plus grand, puisque le Portement de
Croix outrepasse les facéties habituelles
du maître, ses grotesques où se côtoient
d'étranges batraciens, et dans lesquelles on
joue de la flûte par le cul et où les partitions
de musique sont imprimées sur le derrière.
Oui, pour deviner Thuriot au milieu de la
foule, il faut revoir ces têtes sandwichées les
unes contre les autres, déferlant, se souvenir
de ces faces hilares qui se rient à la gueule,
profils édentés, yeux exorbités, fronts lui-
sants par leur calvitie naissante, trous noirs
de la bouche, béance, dents cariées, entas-
sement de tronches et de bustes, trogne sur
trogne, et l'on comprend mieux alors, non
pas le contraste entre l'élégance de Thuriot
de la Rosière et le déguenillé supposé de la

foule, mais ce que dut sentir Thuriot, ce que dut halluciner Thuriot, ce qu'il dut maudire.

Mais les naufragés sont parfois secourus. Bourlier et Toulouse, l'apercevant, s'interposèrent vaillamment entre la foule et le parlementaire. Enfin, un autre soldat, Aubin Bonnemère, qui venait de son district, l'arracha à ceux qui le tenaient, il le retira des mains de Marie Choquier qui le houspillait, il le sauva de l'étreinte d'Athanase Gachod qui l'agrippait par ce qui lui restait de chemise, et de l'étau que faisaient Thouvenin et Sagault, lui tamponnant la gueule ; et Thuriot put quitter la scène sans trop de bobos, et repartir un peu secoué. Il ne put toutefois se débarrasser entièrement de son cortège, il chemina environné de gens hostiles, menaçants, qui voulaient entendre ce qu'il avait à dire avant de le relâcher, et savoir ce qui s'était murmuré entre hommes du monde à l'intérieur de la forteresse.

Une fois qu'il eut rendu compte de sa mission à Saint-Louis-de-la-Culture, la foule, un peu dépitée, le laissa repartir à l'Hôtel de Ville. Là-bas, il refit le même récit, accablé de fatigue, plus bon à rien. À cet instant, Thuriot disparaît, s'évapore du 14 Juillet, *exit* Thuriot. Il a épuisé son rôle,

alors que le siège n'a même pas commencé.
Après quelques minutes de repos, il va se
replier de nouveau sur Saint-Louis-de-la-
Culture et tâcher de conjurer le péril, en cal-
mant l'agitation de son district. Mais avant
qu'il ne parte, juste avant qu'il ne quitte la
scène, tandis qu'à la lumière de sa députation, l'Hôtel de Ville en était à discuter une
proclamation en vue d'apaiser les esprits,
d'informer la population que le gouverneur n'avait *aucune intention de faire tirer
sur la foule*, voici justement que retentit le
premier coup de canon.

L'ARSENAL

ON IGNORE où le coup porta. À partir de là tout devient plus confus. Les témoignages du temps sont pleins d'imprécisions et de lacunes. Il y eut des blessés. Mais qui ? Desonel peut-être, ou Jacques Greffe, qui furent touchés pendant l'émeute, l'un on ne sait comment, l'autre d'un coup de feu aux jambes, et qui dut vociférer avec son bel accent de Bayonne. La foule dut reculer, se planquer même, se tasser dans les rues tout autour, se glisser derrière les cheminées sur les toits, se barricader derrière les portes des troquets. On dut se faire tout fifre derrière les arbres, se coucher, ramper, courir. Oui, on dut courir, voler, mais on dut aussi se tenir bien droit, et défier. Sur le nombre, il devait y avoir des gens hardis, des téméraires. Il devait y avoir de tout. Les gamins se nichaient sous les charrettes, les femmes se

tenaient à l'entrée des maisons. Et puis, une
fois passé le premier moment de surprise, on
commença sans doute à s'organiser.

Ayant laissé la Grève derrière lui, Cholat,
petit marchand de vin de la rue des Noyers,
débarque sur les quais. Il a sans doute braillé,
crié avec les mouettes, scrutant le ciel, mar-
gotant des formules empruntées, remugles
de Jean-Jacques Rousseau qu'il avait entendus de derrière son comptoir et qu'il répétait à présent comme un oracle ponctué
de jurons. Jusqu'à ce jour, il avait servi des
coups à boire, marchandé son vin, débité
des topettes de calva, cela lui convenait
à peu près, et cependant il rêvait d'autre
chose, il pensait que l'existence pouvait
être différente, meilleure. Dans sa langue
d'aubergiste, il se disait que, ma foi, nous
nous valons tous, qu'il n'est pas juste que
certains boulonnent toute leur vie tandis
que d'autres se font servir. Il devait se dire
cela et bien d'autres choses encore, rudi-
ments d'idées, à demi énoncées, dont les
lambeaux formaient le fond de ses discours.
Depuis toujours, il portait des caisses de
vin et rinçait des bouteilles ; enfant déjà, il
piochait dans la cave, rue des Lavandiers, et

remontait les bonbonnes pour son père. Il étalait de la paille sur les planches, passait le balai le matin et le soir, lavait les verres, décrottait la rigole devant le magasin ; et il n'avait rien appris d'autre qu'à additionner les consommations des clients et à rendre la monnaie. C'est là tout ce qu'il savait faire. Et cependant, entre deux allers-retours à la cave, il avait eu le temps de se confectionner des opinions, une conception du monde. Bien sûr, son idéologie pouvait sembler sommaire, ingénue peut-être, débris de *Contrat social* entendus au bistrot, mélimélo d'expériences contradictoires, celles d'un ouvrier qui est petit patron.

Et cependant, aujourd'hui, c'était bel et bien sous l'impulsion de ces idées brumeuses qu'avec quelques copains, ils remorquaient des quintaux de fonte en bord de Seine, refoulant du pied les branches qui gênaient leur passage, radotant des tranches mal digérées de l'*Encyclopédie* afin de se donner du courage. Certains devaient être d'anciens clients qu'il avait baratinés, babillant, rugissant derrière son bar à longueur d'année. Mais à présent, on n'était plus en train de causer entre deux verres de marc, on roulait *réellement* des canons en

direction de la forteresse. Le long des quais,
Cholat avait entraîné avec lui quelques je-
m'en-fichistes bullant sous les platanes ; ils
s'étaient agrégés gentiment au petit groupe.
Et tous ces hommes marchaient à présent
sur la Bastille. Ils s'appelaient Lenoble,
Guyot, Ferrand, Lanneron ou Laverdure, et
il y avait encore une centaine d'autres types,
déserteurs, écumeurs de gargotes, requins.
Parvenus rue des Trois-Pistolets, une fois
passés devant le beau mascaron au-dessus
de la porte où le diable tire la langue, certains insistèrent pour conduire l'artillerie
vers la rue Saint-Antoine. Parmi les canons
que trimbale Cholat, il y en a un qui est tout
argenté, bien joli et qui vient du Garde-
Meuble – c'est le canon du roi de Siam.

Cholat propose de passer par l'Arsenal, on
y trouvera peut-être un reste de poudre, cela
vaut la peine d'aller voir. Aussitôt, il court
par la rue du Petit-Musc ; cette rue porte un
joli nom, celui d'une odeur chaude, enve-
loppante. Mais il veut dire autre chose de
plus triste. La rue s'appelait naguère Pute-
y-Muse, où les putains musaient, vaguaient.
Le nom glissa, comme les noms savent si
bien faire, et de la Pute y muse devint le Petit-
Musse, puis le Petit-Muce avec un *c*, et le

Petit-Musc si coquet. Cette rue existait déjà
en 1358. Certaines traditions durent. Les
putains restèrent là, parmi quelques ruelles.
Au port au Bled racolaient les plus misérables ; on retrouvait régulièrement leurs
cadavres dans la Seine. Sans doute, le 14 Juillet, il y avait des racoleuses aux fenêtres. Ça
chantait entre les persiennes. Les gamins
jouaient à marelle. Les mouches rognon-
naient les passants. Les silhouettes défraî-
chies se succédaient sous les porches, tableau
monotone et triste. Cholat trottine, suivi
de quelques gars, portant ses quatre-vingts
kilos de bidoche, ahanant. Il louvoie entre
les flaques ; des sirènes l'interpellent depuis
les fenêtres et les pas de porte, elles veulent
savoir ce qui se passe ; il répond que l'on se
bat, qu'il se dépêche à l'Arsenal chercher de
la poudre. Des gouttes de sueur lui coulent
aux yeux. Derrière le rideau de sel, il aperçoit
les petites fumerolles de l'île Louvier ; un
mulet traîne entre les barques. On dirait que
Cholat court dans la neige, sa chemise est
trempée, il regarde en l'air, ah ! si l'on pouvait
récolter les étoiles comme des pommes de
terre, si l'on pouvait à la fois rire et pleurer.

Dès que Cholat fut passé par la rue du
Petit-Musc, la nouvelle se propagea. Les

gigolettes du port au Bled remontèrent rue
de la Mortellerie, s'interpellant, riant, les
accrocheuses laissèrent la rue Poirier, au nom
si bénin, et glissèrent rue des Coquilles ;
les tapineuses de Planche-Mibray et du
carrefour Guilleri, aujourd'hui disparus
sous le macadam, cinglèrent par la rue
Saint-Antoine ; celles de Saint-Méry, celles
de Popincourt et de Saint-Marcel ; enfin,
toutes les prostituées de Paris affluèrent à
la Bastille. Ce jour, les putains ne hélèrent
pas le client, elles participèrent au coup de
main et soignèrent les blessés, comme elles
ont toujours fait aux grandes journées de
l'Histoire.

Enfin, juste avant le quai, Cholat oblique
à gauche et court au corps de garde. Essoufflé, il exige qu'on ouvre le magasin de
poudre. Il s'assied un instant, pose son
pistolet sur les marches, ses oreilles bour-
donnent et il ferme les yeux. Ses paupières
sont de lourdes éponges obscures. Il lui
semble devenir tout petit, qu'il est assis
sur la margelle d'un puits immense, noir. Il
relève la tête, un invalide secoue la cendre
de sa cigarette. Des hommes l'ont rejoint,
ils défoncent à coups de merlin la première

porte. Les soldats les regardent faire. Alors, un type paraît, affolé, qui leur dit de ne laisser entrer personne par crainte du feu et leur distribue en tremblant de la poudre. Mais il n'y en a pas assez, le reste est à la Bastille.

Deux nuits auparavant, les suisses y avaient transporté deux cent cinquante barils de poudre ; on les avait roulés dans la cour, sous de mauvaises couvertures. Puis le lendemain, les soldats les descendirent dans les souterrains. De Launay craignait sans doute que des émeutiers se saisissent de l'Arsenal. Il avait fait élargir les embrasures, réparer le pont-levis et renforcer les défenses de la Bastille. À présent, la foule inquiète l'assiégeait.

Une fois vidé l'Arsenal, on tira les canons par la rue de la Cerisaie en direction de la citadelle. Il faisait de plus en plus chaud. Les hommes, haletant, les faisaient rouler, riper. Les roues laissaient leurs balafres dans le gravillon. Enfin, on pénétra la grande avenue de l'Arsenal, la Bastille était là, face à face, comme pour un duel.

Un premier coup partit. Cela sembla miraculeux. Il ne se passa rien. Le sable de l'allée rougissait les yeux. Il n'avait jamais

manœuvré un canon, Cholat, ni tiré au
mousquet, il vendait son pinard, servait les
clients, rinçait les verres et causait. Bien des
hommes présents étaient dans le même cas.
Manœuvrant la pièce, Baron, dit la Giroflée,
eut le pied gauche écrabouillé sous les roues
de l'affût. Il poussa un terrible cri. Sa chaussure saignait. On recula le canon. On lui
ôta sa guêtre et sa chaussure, pour lui ban-
der le pied. L'homme continua, un pied nu,
l'autre chaussé, à charger la pièce. Un certain Canivet, gamin de douze ans, leur portait de temps en temps du vin, un bout de
saucisson, et quelques nouvelles de ce qui
se passait de l'autre côté, rue Saint-Antoine.

Soudain, tandis que le canon vomissait
un autre boulet, un homme fut culbuté
par le recul. Il avait tenté de mettre le feu
aux poudres avec un morceau de planche.
L'homme s'était renversé sur le canon,
tenant comme il le pouvait sa volige en
flammes. Le coup était parti trop vite et,
ayant trébuché sur l'affût, il perdit connaissance. Cela dura cinq minutes, nous dit
Cholat, dans son petit récit, mais en cinq
minutes c'est fou ce qu'un esprit vagabonde ;
et ce jour-là, l'esprit ne devait pas extrava-
guer moins que d'habitude, au contraire,

et entre les rangées d'arbres qui bornent les murs et font comme un couloir en direction de la forteresse, tandis que sa main blessée le faisait souffrir, il vit ou il entendit quelque chose, à travers ses paupières, dans le silence de la douleur, il aperçut peut-être un minuscule tourbillon de poussière, le vol rapide d'un piaf, ou bien ce pavillon qu'on venait de hisser sur le fort. Peut-être entendit-il, à travers le brouillard, quatre coups de canon. Après cela, on ne sait plus rien de lui. L'homme disparaît comme il est apparu dans l'Histoire, simple silhouette.

Au même moment, Jean Rossignol remonte la rue Saint-Antoine. Toutes les boutiques sont maintenant fermées. Avec lui, Pigeau, sculpteur, Pierron, menuisier, Fossard, horloger, Thirion, maître ébéniste, et Rousseau, allumeur de réverbère. Ils longent la façade de l'église des Jésuites, aujourd'hui Saint-Paul, sautillent entre les marches du perron quand un coup de feu tiré de la Bastille fauche un homme. La foule se débine rue des Balais, on se planque derrière la fontaine Sainte-Catherine. Silence. Le garçon est un facteur de la petite poste. On ne connaît pas son nom.

Les noms sont merveilleux. Et Rossignol est bien l'un des plus merveilleux de
tous. Il est né pauvre au faubourg Saint-
Antoine, petit dernier d'une famille de
cinq. À l'âge de dix ans, Jean Rossignol
fut placé apprenti. Quatre ans plus tard,
il quittait la capitale pour Bordeaux, dési-
rant embarquer. En vain. Recruté chez un
orfèvre, il fut congédié huit jours après et
erra de place en place.

Le temps avait passé ; il s'était engagé
dans l'armée et, huit ans plus tard, il l'avait
quittée et refit profession d'orfèvre. Le
12 juillet 1789, en promenade à Belleville,
il entre vers six heures chez un marchand de
vin. Il s'apprête à danser ; une foule surgit
qui se met à causer de barrières qu'on abat
et qu'on brûle. Les musiciens se retirent.
On renverse les tables dans un horrible
tohu. Il sort. Il marche depuis une heure,
l'ivresse lentement se dissipe. Il aime marcher la nuit en ville, descendre le faubourg
du Temple comme s'il dévalait un escarpe-
ment intérieur, fumant, respirant, remuant
toutes sortes d'idées. Il croise de petites
bandes dispersées. On lui gueule : "Vive le
tiers état !" Ce fut son premier contact avec
la Révolution.

Plus tard, lui le petit péquenot deviendra
général sous la Convention. Après la chute
de Robespierre, il passera un an en prison.
Il y écrira ses mémoires, dont la première
phrase : "Je suis né d'une famille pauvre."
est en soi une nouveauté. Il faut pour cela
se souvenir de ceux de La Rochefoucauld
qui commencent ainsi : "J'ai passé les dernières années du ministère du cardinal
Mazarin dans l'oisiveté que laisse d'ordinaire
la disgrâce..." Ou bien de ceux du cardinal
de Retz, dont le "Madame, quelque répu-
gnance que je puisse avoir à vous donner
l'histoire de ma vie..." introduit coquette-
ment un bon millier de pages. Mais pour le
moment, Rossignol n'est pas à l'ombre en
train de rédiger ses mémoires, il n'est pas
encore général, il n'est pas encore banni
de Paris par Bonaparte, il n'est pas encore
traîné de prison en prison, ni déporté aux
Comores, il n'a pas la fièvre qui en quelques
jours l'emportera, après l'avoir laissé inerte
sur sa paillasse, parmi des lambeaux de souvenirs. Pour le moment, il n'est rien d'autre
qu'un petit ouvrier courant les gargotes.
Mais le voici à présent qui crapahute sous la
mitraille, rue Saint-Antoine, devant l'hôtel
de Mayenne. Le cri auquel il a répondu dans

la rue deux jours plus tôt a éveillé quelque chose et décidé de son destin. Désormais, le mot tiers état, pour les types comme lui, cela veut dire le pauvre contre le riche, l'ensemble de la nation contre une poignée de privilégiés, comme il l'écrira lui-même dans son cachot cinq ans plus tard. Sur une gravure que l'on a de lui, Jean Rossignol a le regard triste, quelque chose de doux et de gentil. Il est encore jeune, mais ce n'est plus le petit ouvrier en route pour la Bastille, il doit déjà être général. Une sorte de grisaille ou de désillusion assombrit son regard, comme s'il savait que la fin ne sera pas drôle, comme s'il sentait que le monde allait tourner autrement, que ses espoirs seraient trahis. On raconte que le peuple des faubourgs refusera de croire à sa mort treize ans plus tard. Dans les gargotes de Belleville et des Porcherons, les bavards fabulent : Rossignol s'est échappé des Comores, il est à la tête d'un peuple sombre, indompté, tout là-bas, en Afrique. Il survécut ainsi dans les mémoires.

Mais le 14 Juillet, ce n'est pas un fantôme qui marche vers la forteresse, il ne porte pas encore de plumes au chapeau, sa redingote n'est pas cousue de fil d'or, ses cheveux

n'ont pas été tourmentés par les coiffeurs.
Il a vingt-neuf ans, il est jeune, ébouriffé,
il croit en ce qu'il désire. Ce matin-là, rue
Saint-Antoine, la poitrine lui brûle, l'idée
le dévore. Il jette un œil à droite, fait signe
aux canonniers que la voie est libre. Il passe
la rue du Petit-Musc. Claude Cholat, un
peu plus loin, déboule à l'Arsenal. Ils sont
à trois cents mètres l'un de l'autre. Ils ne se
connaissent pas.

LE PONT-LEVIS

L A RUE Saint-Antoine éventre la Bastille.
On dirait qu'un immense bélier s'apprête
à la forcer. De toutes parts, la ville abonde,
ruisselle. On se cache des coups de feu ; il y a
des gens derrière chaque porte de la rue des
Remparts, sous tous les arbres de la grande
allée de l'Arsenal, derrière chaque tas de bois
de la rue des Marais. La Bastille est envelop-
pée par l'humanité. Mais ce ne sont pas les
hordes débonnaires qui vont au champ de
foire et s'en reviennent ; c'est une multitude
armée de piques, de broches, de sabres rouillés, de fourches, de vieux canifs, de mauvais
fusils, de pilum et de tournevis. Les armes
étincellent, dans un brouhaha extravagant,
confusion de voix et de cris.

L'assaut commença de partout et de
nulle part, il se fit aussi bien coup de fusil
que de caillasse. Les cris jouèrent leur rôle.

Les jurons jouèrent leur rôle. Ce fut une grande guerre de gestes et de mots. La foule mouvante, expressive, lançait des pierres et de vieux chapeaux. Ça faisait un horrible tintamarre, jurements. Les soldats, l'ordre qu'ils représentaient, étaient traités de tous les noms : culs-crottés, savates de tripières, pots d'urine, bouches-à-becs, louffes-à-merde, boutanches-à-merde, et toutes les choses-à-merde, et toutes les couleurs-à-merde, merdes rouges, merdes bleues, merdes jaunilles. Et cela fusait avec gouaille. Quand soudain un nouveau coup de feu partit du haut des tours. Comme le matin, on courut se mettre à l'abri, les visages étaient en sueur. Un homme se traînait par terre au milieu de la cour. Il s'appuya un instant sur le coude et gémit. Derrière les portes, sous les porches, la foule se mit à pousser un râle sourd. Ce bourdonnement montait vers les murailles ; il semblait venir des rues abandonnées, des places vides. Le blessé gisait immobile, avec de longs cheveux noirs. Le soleil ajoutait à l'impression de désolation. Et puis le marmonnement devint intelligible. La foule scandait d'une voix grave : "Assassins ! Assassins !" Les gens ressortirent lentement de sous les auvents,

d'un peu partout ; de petits groupes se déta-
chaient de l'ombre, et criaient de plus en
plus fort : "Assassins !" La parole ne laisse
pas de trace, mais elle fait des ravages dans
les cœurs. On se souvient toute une vie
d'un mot, d'une phrase qui nous a touchés.
À l'intérieur de la forteresse, les soldats
reculèrent en une oscillation insensible.
Ils éprouvèrent une impression terrible de
solitude. Les murailles humides, noires,
n'étaient plus une protection ; elles les enfermaient.

À partir de ce moment, on ne comprend plus rien. Les lieux vacillent, le temps
meurt. Tout se précipite. Un jeune épi-
cier observe qu'il serait aisé d'atteindre le
chemin de ronde, au sommet du mur de
la contrescarpe. Ce chemin faisait le tour
du fossé ; de là, on pourrait sauter dans la
cour du Gouvernement. Jean-Armand Pan-
netier, c'est son nom, laissera une petite
relation de sa journée, et retombera aussitôt dans le néant. Mais à ce moment, le
mardi 14, il est l'étincelle qui met le feu aux
poudres. Comme il est de grande taille, il
se plante contre la muraille et fait la courte
échelle. Le charron Tournay monte le premier. Il porte un gilet bleu. Il a vingt ans.

Huit à dix autres le suivent. Ils enjambent une échoppe qui sert de remise à un débitant de tabac. La foule les apostrophe, on rigole, on les encourage. Il y a un raffut inouï. Tournay grimpe sur le toit du corps de garde. Des copains le hèlent, le vent fait bouffer son gilet.

Je désire, j'imagine, qu'à cet instant, le charron Louis Tournay ait été lui-même, seulement lui-même, vraiment, dans son intimité la plus parfaite, profonde, là, aux yeux de tous. Ce fut pour un court instant. Quelques pas de danse sur un toit de tuiles. Une série de déboulés, la tête libre, haute, puis un chapelet de battements, de piqués, de pirouettes même. Ou plutôt, non, ce furent des pas très lents, de petites glissades, des pas de chat. Soudain, Tournay, sous le grand ciel, dans le jour gris et bleu, oublie tout. Le temps meurt un instant en lui. Il vacille près d'une cheminée. Les gens craignent qu'il tombe. Oh ! Il s'accroupit sur la pente intérieure du toit, les tuiles lui brûlent les mains ; on ne le voit plus. Il est seul. La cour du Gouvernement est vide, face à lui. Il est alors juste une ombre, une silhouette. Les soldats sur les tours le regardent. Il saute dans la cour.

Là, il est encore plus seul. Il accomplit un devoir étrange. Personne ne sait de quoi la liberté est faite, de quelle façon l'égalité s'obtient. Louis Tournay, le charron, le jeune homme de vingt ans, est passé de l'autre côté de la vie. Il n'est pourtant rien qu'un petit morceau de foule tombé là, tout seul, dans la cour du Gouvernement. La cour est large, horriblement. Tournay frissonne. Qu'est-ce que je fais là ? se dit-il. Il fait quelques pas sur les gravillons. Peut-être que malgré le bruit, il entend crisser la plante de ses pieds sur le sol des rois. À sa droite, il y a l'hôtel du Gouvernement qui a été abandonné par les soldats de la forteresse. Les bâtiments sont déserts. On dirait qu'ils sont vides depuis toujours. En face, c'est l'avenue de la Grande-Cour, le passage qui conduit au dernier pont-levis ; ce petit couloir mène de l'Ancien Régime vers autre chose. Une fois parcouru l'isthme, une fois franchie cette fine bande de pierre au bout de laquelle se trouve la porte cadenassée de la citadelle, on ne voit qu'un trou noir.

Un camarade saute à son tour. Ils sont deux à présent. Le type qui vient de tomber du ciel s'appelle Aubin Bonnemère, il était déjà là tout à l'heure, secourant l'ambassade

de Thuriot lorsqu'elle fut un peu secouée
par la foule devant la Bastille. Aubin est
de Saumur. Il a trente-six ans. Son père
est marinier. Il a vécu en bord de Loire, il
a épié les bancs de sable qui se déplacent
chaque année, les brumes qui rongent les
rives. Mais il n'y a pas que Louis et Aubin
à jouer les équilibristes, il y a huit ou dix
autres hussards sur ce toit. Il faut être atten-
tif à ces vagues présences, contours, profils, à ces locutions dont tout récit se sert
pour mener son lecteur. Gardons-les encore
contre nous un instant, ces huit à dix autres,
par la grâce d'un pronom personnel, comme
de tout petits camarades, puisqu'eux aussi
ils courent sur le toit, ils font peut-être les
marioles, ils dansent sur l'horizon. Tournay
est dans la cour, et là, ils disparaissent, on les
abandonne définitivement, on ne les reverra
plus jamais. Ce sont les petits bonshommes
de Breughel, ces patineurs que l'on voit de
loin depuis l'enfance, ombres familières
aperçues au fond d'un tableau, sur la glace.
Ils nous font pourtant un curieux effet de
miroir depuis leur brume. On se sent plus
proche d'eux que de ceux qui campent au
premier plan. Ce sont leurs silhouettes que
l'on scrute, que nos yeux supposent, que le

brouillard mouille. Et si nous rêvons, il n'y
a plus qu'eux.

À présent, Aubin et Louis entrent dans
le corps de garde. Ils jettent les tiroirs à
terre, ouvrent les portes ; ils cherchent les
clés, mais ne trouvent rien. Dehors, la foule
cogne à grands coups sur le pont-levis, on
s'impatiente. On arrive de toutes parts, le
chemin tournant qui mène à la dernière
cour est plein de monde. Il y a là Collinet,
le chapelier, avec Giles Droix, son camarade, et Varenne. Ils ont une furieuse envie
de voir ce qui se passe. Il y a tellement de
bruit qu'ils se crient à l'oreille des morceaux de parole. Varenne perd un soulier.
Les autres se marrent. Il boitille au milieu
du chaos. Rue Saint-Antoine, la rumeur dit
que l'on entre dans la Bastille. Alors, on se
rue vers l'Avancée. Ils veulent tous voir. Jean
Jullien veut voir, Laurent veut voir, Tous-
saint Groslaire veut voir, Dumont veut
voir. Ils n'ont pas de fusil, pas de pique,
mais ils veulent voir le grand pont-levis
tomber. Falaise, le cordonnier, veut voir
lui aussi. En quittant son galetas, il a fourré
dans sa poche deux balles de plomb ; il ne
sait pas ce qu'il va en faire, peu importe,

il est un peu timide, Falaise, un peu vieux
aussi. Il soulève sa calotte et passe machi-
nalement la main sur son crâne chauve.
Les rumeurs défigurent ce qui se passe
à quelques dizaines de mètres. Le pont-
levis de l'Avancée est déjà pris ! La Bastille
tombe ! Et la foule avance, avance, dans un
hourvari formidable. Et Rousseau, François
Rousseau, dont la profession merveilleuse
est d'allumer les réverbères, ne veut pas être
en reste. Il ne pense même pas à se battre
et, comme si la Bastille allait tomber toute
seule, parce qu'ils le désirent tous, il avance
sans réfléchir, parmi les autres, en tenant
Joseph Dumont par la manche ; il se laisse
emporter par le courant.

Louis Tournay se hisse jusqu'à la bascule.
Les soldats depuis les tours déchargent leurs
fusils sur le petit pont. Une balle touche
Jean Jullien et le laissera infirme de la main
droite. Laurent fut blessé, Servet fut blessé,
Lamotte prit une balle dans le pied. Tous-
saint Groslaire prit une balle dans l'avant-
bras qui le traversa d'outre en outre ; il
se retourna pour courir et, puisque ça ne
suffisait pas, il en prit une autre dans l'os
des isles, juste au-dessous de la fesse. Il fit
quelques pas en arrière et tomba.

On fit passer à Tournay une pioche. Il était en sueur. Sa chemise déchirée, les pieds calés entre les pierres, il va briser les chaînes du pont-levis. Du haut de la forteresse les fusils crachent. Tournay ne voit plus rien, n'entend plus rien que le raclement des haches sur la porte du petit pont. Ah ! qu'il est seul soudain, seul avec sa rage et ces centaines de voix qui lui crient de faire plus vite, l'encouragent, le maudissent. Tout à coup, il pleure comme un enfant. Il continuait de cogner, il cognait même plus fort, mais il pleurait de rage et de tristesse. Les larmes lui brouillaient la vue ; elles laissaient de longues traînées sur son visage plein de poussière. Il gémissait, frappait, il avait le geste de la bête, tordant les chaînes avec sa pioche, cognant, râlant, petite mouche rabiotant le terrible appareil. D'un coup de merlin, Aubin venait de faire sauter les verrous de la porte. Il n'y avait donc plus que lui ! Cela accrut son sentiment de désespoir. Il redoubla ses coups. Se blessa la main. Et continua, continua de frapper ; il ne pensait plus, il étampait, il commotionnait les anneaux de fer, il médusait cet énorme bracelet, cognait, cognait, cognait sur n'importe quoi et n'importe comment, enfonçant le nez de la pioche entre les mailles, il tordait, tortillait, tirebouchonnait, à bout de force, encouragé ou injurié par les inconnus qui, derrière les portes, hurlaient. À ce moment, le ciel fut pâle. La foule s'envenima. On roula des poings sur le grand tablier, mêlant des injures banales aux grands mots. Il y avait des voix de femmes, des conseils d'orateurs de cabaret. Tout le monde savait comment faire. Et Tournay gémissait, les paumes trempées de sang.

Enfin, les poutres vacillent, puis tombent ; le pont-levis s'abat sur le fossé. La foule recule dans un nuage de poussière. Le tablier rebondit à grand fracas, tuant un homme qui se tenait trop près. Tournay s'appuie au mur, sonné, heureux, il pleure. Plus personne ne pense à lui. On se presse dans la cour. On l'oublie. Il s'évapore. Son épopée n'a duré que quelques minutes.

LA MALADIE
DE LA DÉPUTATION

LA FOULE se rue au pied de la citadelle. Entre la Bastille et Paris, il n'y a plus qu'un pont de pierre et un rideau de bois. On dirait un roman de cape et d'épée, mais les morts ne se relèveront pas. Parmi les centaines de personnes qui se bousculent, Collinet se fraie un passage. Il tire ses camarades par la manche, venez ! On rit, entraîné par le flot qui pénètre dans la cour. Falaise ne veut pas les suivre ; il essaie de reculer, mais ce n'est pas possible, il y a trop de monde, il ne peut pas remonter le courant. Un inconnu lui arrache son chapeau en riant puis le lui relance. Un copain lui crie quelques mots à l'oreille. C'est François Rousseau, ils sont venus ensemble pour se battre, mais à mesure qu'ils arrivent près de la dernière cour, ils sentent monter en eux un mélange d'exaltation et de panique. On passe le petit pont, et on se carre un instant derrière les chaînes brisées pour reprendre son souffle. Et tout à coup, les tirs reprennent. On court de toutes parts. Un garde-française tombe mort et, sans réfléchir, Rousseau cueille son fusil. Le canon est chaud. Il attrape le sachet de poudre, mais il oublie de prendre la baguette ; et le voici qui marche en direction de la muraille. Il se fraie un passage parmi les gens qui courent. On le bouscule. Les graviers sont brûlés par le soleil. Le ciel est blanc. Rousseau est heureux ; il braque son fusil en direction des tours.

La pétarade reprend de plus belle. Un biscaïen frappe un homme en plein cœur et le coupe en deux ; c'est Louis Poirier. Il a descendu en chantant la rue de Charenton, tout à l'heure, et le voici maintenant qui vomit ses boyaux. Le chaos est indescriptible. Les assaillants se couchent derrière les garde-corps. Des types traversent en se hâtant la cour, les groupes s'éparpillent et les amis se perdent. Les balles sifflent. Il fait une chaleur atroce. Collinet monte sur le parapet qui borde le fossé ; et de loin, il aperçoit Falaise qui avance vers les tours ; il lui fait signe. Dans le charivari qui règne, parmi les tourbillons de fumée, la silhouette

de Falaise semble tanguer. Il tient la main
en l'air, on ne sait trop pourquoi, et l'agite
éperdument au-dessus du monde.

Une fois que la fusillade cesse, la cour
est jonchée de cadavres. Le silence fait un
étrange effet. On hésite à quitter sa planque.
Petit à petit, on se risque à découvert. Un
blessé pousse d'horribles cris. Deux gardes-
françaises le traînent sous l'auvent d'une
boutique bordant le chemin de ronde. Un
cadavre est assis contre un mur, une cor-
neille lui grignote l'épaule. Soudain Giles
Droix fait signe de venir ; il a trouvé Falaise.
Son crâne nu et chauve brille sur le pavé. Il a
le flanc tout noir et le pouce arraché. Dans
ses poches, il a toujours les deux balles de
plomb prises chez lui deux heures plus tôt ;
il n'aura pas eu l'occasion de s'en servir. Un
peu plus loin, près du pont-levis, Collinet
soulève un autre cadavre, le sang pisse par le
cou. C'est François Rousseau. Les mouches
lui dévorent les yeux. On arrache deux
planches aux casernes. Sur l'une on dépose
Falaise et sur l'autre Rousseau. Il est environ deux heures de l'après-midi.

De son côté, après l'échec cuisant de Thuriot, l'Hôtel de Ville avait aussitôt dépêché

une nouvelle députation. Elle se composait
du président des électeurs, Delavigne, de
Ledeist de Boutidoux, député suppléant,
de Chignard et de l'abbé Fauchet. Il faut
les imaginer, mieux fagotés sans doute que
la plupart de ceux qu'ils croisèrent durant
leur petite excursion, délégation officielle,
pittoresque, au milieu d'une multitude
en armes. Ils eurent le plus grand mal à
se frayer un chemin, ce qui prouve qu'il y
avait alors beaucoup de monde, une masse
inouïe de gens, avec ce prodigieux souffle
des foules qui s'exaspèrent lorsqu'on les
menace. On s'aperçut à peine de leur arri-
vée. Les assiégeants avaient bien mieux à
faire que s'émouvoir d'une énième délégation ; ils se battaient. Les électeurs tentèrent
timidement de s'approcher de la forteresse.
La multitude les bousculait, ne se souciant
point d'eux. Quelques coups de feu clairse-
més les repoussèrent. Ils se retirèrent, prudemment. La petite députation ne put pas
même atteindre les murailles.

Mais une nouvelle ambassade était déjà
en route. La négociation est une maladie
comme une autre. Cette députation fut la
plus solennelle. Elle avait à sa tête Louis-
Dominique Éthis de Corny, procureur du

roi. Il était escorté par M. de la Fleury, le
comte de Piquot Sainte-Honorine, et Poupart de Beaubourg, qui prétendait descendre en droite ligne d'un argentier de
Charles VI, et qui, capitaine de dragons
et croix de Saint-Philippe, portait ce jour
un bel uniforme vert et arborait ses déco-
rations. Il faut ajouter, si l'on veut que le
portrait soit complet et vraiment fidèle,
qu'il sera emprisonné, plus tard, pour tra-
fic d'assignats, puis de nouveau pour pil-
lage, concussion, complicité avec les cercles
contre-révolutionnaires, et même accapare-
ment de biens lors de la prise de la Bastille.
Mais n'allons pas trop vite. Avec eux, il y
avait aussi Pierre-André Six, architecte, à
ce que certains prétendent, et Louis-Lézin
de Milly, avocat qui, né à la Martinique
trente-sept ans auparavant, venait d'une
des grandes familles de Louisbourg, et était
alors secrétaire du parquet de Paris auprès
d'Éthis de Corny lui-même. Il est d'opinion
modérée, favorable à une monarchie consti-
tutionnelle, comme la plupart de ses collègues. Parmi ses contributions notoires au
cours de la Révolution française, on note
ce discours, prononcé le 20 février 1790,
dans lequel il met en garde contre cette

désorganisation des colonies que produirait
inévitablement l'abolition de l'esclavage ; il
était colon. Un peu plus tard, il motionnera
contre la déchéance du roi, puis sa carrière
s'orientera, paisible, vers des missions de
police et de surveillance.

On voit que cette ambassade, composée
avec beaucoup de tact et de pragmatisme,
était la fine fleur des députations. Vers deux
heures de l'après-midi, ce joyeux équipage
sortit, sage précaution, par la porte arrière
de l'Hôtel de Ville, la place de Grève deve-
nant dangereuse, envahie qu'elle était par
la populace. Ils longèrent soigneusement
la courbe rue du Martrois qui suivait la
rue Pet-au-Diable. Face à Saint-Gervais, la
gentille cohorte tourna vers la droite dans
la rue Longpont ; et puis, par surcroît de
prudence sans doute, on décida de prendre
par les quais. Ils firent bien des détours, passèrent par de petites rues, sans manquer
d'appeler les patrouilles de la milice bourgeoise qu'ils croisaient à ne laisser passer
personne. Leur intérêt n'allait pas à l'ac-
croissement de l'émeute. Enfin, ils aper-
çurent Coutans, commissaire au bureau de
la Ville, quai des Célestins, et l'engagèrent
à se joindre à eux. Ce loufoque cortège

traversa ainsi l'insurrection comme par miracle.

Enfin, ayant boitillé deux cents mètres, notre ambassade tomba dans l'Arsenal. À la cour du Salpêtre, on ordonne au suisse de refermer la porte, prenant bien soin de calfeutrer tout ce qu'on peut. Les voici cour de l'Orme. Ils n'en mènent pas large. Le procureur du roi, Louis-Dominique Éthis de Corny, commande que roule le tambour et de hisser le drapeau. La petite délégation est un modèle de discipline au milieu du chaos.

Ayant ainsi procédé dans les règles, le comte de Piquot Sainte-Honorine, Boucheron, le drapeau Joannon et le tambour pénètrent solennellement dans la cour du Gouvernement. Et là, stupeur, ils tombent sur un grand nombre de particuliers, comme ils disent eux-mêmes, armés de fusils, de haches et de bâtons. La petite ambassade annonce en grelottant d'un ton officiel que la Ville les envoie pour parlementer. Effarés sans doute, les combattants s'écartent et les députés parviennent au pied de la citadelle. Bien élevé, Boucheron ôte alors son chapeau. La foule le regarde éberluée ; il doit y avoir Fournier l'Américain, Maillard, le futur conventionnel,

et peut-être La Giroflée, dont le pied nu,
enveloppé de bandages, doit à présent être
tout rouge.

De l'intérieur de la forteresse, entre deux
coups de mousquet, on les entend mal ;
enfin, la garde ordonne que le peuple se
retire pour laisser passer la députation.
Les députés exhortent les combattants à
cesser le feu. Ce dut être une scène assez
curieuse, pittoresque. Imaginons. Jean-Baptiste Balanche. Pierre-Louis Bidois. Jean
Bole. Jean-François Boyer. Louis Cham-
bin. Jacques Communeau. Pierre Crampon.
Antoine Cras. Claude Niquet. Jacques-
André Noël. Jean-Baptiste Roubault. Ils
s'échinent sous un feu roulant depuis des
heures, ajustant leurs mousquets, déchar-
geant, puis se retirant sous les voûtes. Là, on
déchire à toute vitesse un rouleau de papier,
on remplit le bassinet, on verse la poudre
dans le fût, et la balle. Jacques regarde Pierre,
ils sortent de l'abri où ils s'étaient retirés et
pointent leur canon vers le ciel. Une étincelle enflamme la poudre en se faufilant par
un petit trou appelé lumière. Et il faut de
nouveau reculer, vider le fusil et le rechar-
ger. Les nuages roulent très haut, de temps
en temps les canons brillent sur les tours.

Les silhouettes des soldats y sont presque impossibles à atteindre. Elles flottent dans le firmament, parmi les mouettes.

D'ici peu de temps, à Chemillé, à Vihiers, à Dol, à Coron, à Moutière, la plupart de ces hommes seront morts, décimés par les guerres de l'an II. Et tandis qu'ils se battent, beaucoup d'entre eux étant déjà blessés, alors qu'ils sont à présent résolus à faire tomber la citadelle, sûrs de leur fait, voici qu'un petit groupe de bourgeois pointe le nez, et leur ordonne de cesser le feu. Chamin s'éclaffe. Communeau tend son mousquet, criant que ça leur ferait un joli portemanteau. Les quolibets fusent. Canivet, qui traînait dans leurs pattes, siffle un petit air méchant. Il était plus débrouillard qu'Éthis de Corny et sa troupe, Louis-Sébastien Canivet. Il se peut que le petit Navet de Victor Hugo, l'ami de Gavroche, celui qui crie "À bas Polignac !", ait chouravé une partie de son nom à ce pétulant personnage. On l'appelait Canivet tout court. On aurait pu l'appeler Caniveau.

UN MOUCHOIR

Sous les huées, la petite députation finit par rebrousser chemin. Seul Milly reste un instant face à la forteresse et agite frénétiquement son mouchoir. Il faut imaginer la binette qu'ont dû faire les charrons, les ferblantiers, les commères, les gamins de Paris voyant, au milieu d'un tumulte sans précédent, ce type piquer son mouchoir au bout de sa canne et le secouer en l'air. Milly est tout entier dans son petit mouchoir blanc. Ce devait être tordant, consternant, indécent peut-être. Bien complet de son chapeau, de ses guêtres et de sa montre à gousset, il est venu calmer les esprits ; c'est la profession des gens de l'Hôtel de Ville. Dès qu'un esprit fermente, on l'emprisonne, dès que cent ou mille esprits fermentent, on envoie les gendarmes leur tirer dessus, mais quand des dizaines de milliers d'esprits fermentent de conserve, alors on envoie une députation, on noue un tire-jus au bout de son *stick*, et on l'ébroue gentiment.

Boucheron laisse Milly à son petit mouchoir, et rejoint le procureur du roi qui se tient prudemment sous les voûtes avec le reste de la députation. Éthis de Corny, paternel, exhorte une dernière fois les combattants à se tenir tranquilles afin qu'il puisse entrer dans la Bastille. Louis-Dominique a cinquante-deux ans, sans doute un brin de bedaine et beaucoup d'amis. Il a correspondu avec Voltaire, fréquente Lafayette, Jefferson est aujourd'hui même son hôte à Paris, il a d'autres chats à fouetter. Il est marié à Marguerite-Victoire de Palerne, qui le liant aux milieux d'argent a favorisé sa carrière. Une fois achetée sa charge de procureur du roi, le voilà parvenu au zénith de son existence, et il ignore encore, lui qui a rédigé un petit essai sur les hommes illustres, que cette députation flageolante sera son unique fait de gloire, son petit morceau d'azur.

Mais Éthis de Corny pensait sans doute à autre chose, il faisait remonter le courant très loin. Il prétendait que les Éthis seraient issus d'Ethe ou d'Aedh, roi d'Écosse, régnant sur les Pictes, arrière-petit-fils du

roi Domangart mac Domnaill, et que par-
là, ils descendraient des Galiciens qui eux-
mêmes procèdent des Égyptiens ayant
fui les sept plaies. Ainsi, le sang du procureur du roi remontait-il jusqu'à l'Antiquité
biblique. Je ne sais pas si les Éthis de Corny
sont apparentés aux La Garde de Tranchelion, damoiseaux, seigneurs de Tranchelion
en Limosin, ou s'ils furent parents des
Becdelièvre, seigneurs de Mocqueville et
de Ronchoux, dont un illustre se distin-
gua à l'attaque du Pacha Ibrahim et fut
plus tard grand-voyer de Normandie, ou
encore s'ils sont liés aux Couffon dit Couffon de Trevros, dont le nom truculent est
classé au soixante-cinq mille deux cent
soixante-seizième rang des noms de famille
inventés en France et dont les demeures
d'origine sont peut-être un sinistre manoir
près de Plouarzel ou une gentilhommière
en Mayenne ; toujours est-il que de mauvaises langues murmurent que le grand-
père d'Éthis de Corny, loin de descendre
des pharaons, était en fait cabaretier – je
n'ose le croire.

Le coup du mouchoir fit un flop. Le petit
numéro n'avait pas pris. Le public, barbare,

continua à tirer des coups de mousquet
sans prêter attention au spectacle. Mais le
sabre d'officier d'Éthis de Corny n'eut pas
davantage l'heur de plaire. Il était pourtant élégant avec sa garde à l'allemande, sa
monture ciselée en bronze doré, calotte à
courte queue décorée d'un casque empa-
naché posé sur boucliers avec fond de tro-
phée de drapeaux, sa confortable fusée en
bois recouverte d'un veau ciré marron afin
que la main puisse la tenir sans effort ; oui,
son épée devait pourtant en jeter plein la
vue, avec sa lame courbe à pan creux, bleuie
et dorée, gravée sur son premier tiers de
couronnes de feuillages, avec en son centre
un hussard à cheval, chargeant, surmonté
d'une banderole portant inscription ; et l'on
peut affirmer que sentir pénétrer dans son
corps ses soixante-dix-neuf centimètres et
six millimètres de long, avec ses très légères
oxydations d'usage, était sans doute un pri-
vilège. Mais le peuple qui se battait ne fut
sensible ni à son fourreau en bois marouflé
de cuir ciré noir à quatre garnitures en laiton repoussé, ni à sa chape agrémentée de
lauriers et de palmes, aux deux bracelets de
bélières, aux pitons cannelés, estampées en
relief de trophées d'armes, ni aux anneaux

en laiton doré, à la longue bouterolle feston-
née de guirlandes où meurt un casque empa-
naché sur un carquois de flèches, ni à son
ceinturon de maroquin rouge, brodé de fils
de soie, ni à sa somptueuse fermeture composée de deux boucles ajourées reliées entre
elles par un crochet en forme de S, décoré
de deux serpents. Et, on le comprend, le
peuple, car il suffit de jeter un œil au sabre
d'Éthis de Corny, à ce très beau sabre de hussard commandé vers 1785 à Strasbourg, à
la Tête noire, chez Berger, fourbisseur, oui,
il suffit de voir le sabre de Louis-Dominique Éthis de Corny, resté dans la famille
jusqu'au décès de son dernier représentant, à Fontainebleau, en l'an 2000, il suffit
d'apercevoir cette Durandal d'homme du
monde, accessoire de parade, pour sentir
l'abîme entre Éthis de Corny et Pierre Foli-
tot, chaudronnier, blessé pendant le siège,
et qui terminera une triste carrière de gendarme aux Invalides.

Après avoir rendu compte à Éthis de
Corny de l'initiative de Louis-Lézin de
Milly, qui de son doux accent créole tente
d'apaiser les esprits, brandissant son mouchoir, Boucheron décide d'aller chercher

son protégé, craignant qu'il ne lui arrive
misère. Le brave soldat slalome entre les
gardes-françaises, parmi les insurgés, et
retrouve le bon Louis-Lézin dans la même
position que ci-devant, avec son mouchoir
blanc, qu'il agite éperdu. Et au lieu de lui
signifier que tout cela est ridicule, au lieu
de le tirer par la manche et de l'emmener au restaurant, dans les beaux quartiers, pour le dédommager de ses exploits,
voici que Boucheron et Piquot s'avancent
à leur tour et agitent à nouveau leurs chapeaux. On dirait qu'ils disent au revoir à
quelqu'un ou à quelque chose, à l'Ancien
Régime peut-être. Aimablement, ils font
de nouveau requête aux assiégeants de ne
plus tirer ; ils insistent, godiches, pénibles
même – qu'on suspende les hostilités. Mais
les rebelles ne veulent rien entendre. C'est
alors qu'un miracle se produit.

UN CADAVRE

AU MOMENT où l'on n'y croyait plus, voici qu'on aperçoit des signaux de paix au sommet des tours. Toute fébrile, l'ambassade s'avance. Elle va se présenter pour entrer dans la forteresse. Poupart jubile. Éthis triomphe. Ils vont enfin pouvoir jouer leur rôle, le premier. Mais au moment où ils traversent fièrement la cour, une décharge venue des tours fauche plusieurs assaillants à côté d'eux. Nos amis, frileux, se dispersent, quand de nouvelles détonations résonnent. Le vent emporte les chapeaux. Le soleil fait une apparition timide. Éthis se rencogne près d'un mur, pas loin d'un cadavre. Il halète, le visage empourpré, et, dans ses pantalons, peut-être qu'il pisse. Les membres de la petite députation, affolés, galopent au hasard le long des casernes, ils cognent aux portes, hurlent sans succès qu'on leur ouvre.

La fusillade continue. C'est à ce moment que Jean-Baptiste Cretaine, âgé de soixante-deux ans, né à Beaune, en Côte-d'Or, qui, croyant l'heure venue, s'était avancé témérairement près des tours pour sommer de Launay de se rendre, fut blessé. Perrin reçut un coup de feu à la jambe gauche. Turpin fut criblé de chevrotine. Et Sagault tomba mort.

Mais qu'est-ce que c'est Sagault, ce nom posé ici comme un cadavre ? On sait bien peu sur lui. Son enveloppe est vide. Il vivait rue Planche-Mibray et faisait profession de batteur d'or. Son nom n'est même pas sûr, on le trouve parfois sous celui de Saganet. Il a dû croire aux signaux de paix, comme les autres, et s'avancer un peu à découvert, timide, mais pas assez. Il a dû douter un instant et se dire que lui, pauvre batteur d'or, savait bien peu de chose, et qu'après tout, si le procureur du roi voulait entrer dans la citadelle, il devait avoir des raisons sérieuses et que peut-être il trouverait une solution, là-haut, pour tout le monde. Il s'est alors approché, il voulait voir. Il fit quelques pas, il suivit Poupart et Corny, s'installa dans leur sillage patelin, impressionné par leur faconde ; et il laissa derrière lui tout ce qu'il aimait, sa jeune femme, sa petite vie

de facturier, sa piaule à Planche-Mibray, ses
copains de bistrot, ses certitudes de pauvre,
et il fit quelques pas de poupée mécanique,
dans l'espoir de bien faire.

Pendant les quelques instants où il avance
à découvert, l'œil fixé sur les tours, tâchant
de comprendre les signes, il dut avoir le
cœur à la fois tout froid et tout chaud, protégé par les forces de l'habitude et inquiété
par autre chose, de plus incertain peut-être
mais de plus profond. Il y eut sans doute
aussi le goût du risque, la bravade. Tout cela
tourbillonna très vite dans sa tête, comme
de minuscules débris de vérité incapables de
s'assembler. Il y eut une éclaircie, un rayon
de soleil les aveugla, puis un lourd nuage
engloutit tout. Un camarade leur cria de
ne pas s'approcher davantage, de revenir !
Sagault l'entendit à peine, leva les yeux ; et il
y eut un éclair, un tout petit brin de lumière
près du ciel, en haut des tours. Il n'eut pas
le temps de comprendre. Ça brillait. Une
détonation sembla venir de très loin, de derrière lui. Mais avant qu'elle ne l'atteigne, il
sentit une chaleur dans le ventre. Reviens !
entendit-il. Il eut alors une terrible envie de
tout laisser là, de rebrousser chemin jusqu'à
la rue Saint-Antoine, de courir jusqu'à la

Grève, et d'aller chez lui voir sa femme ; il
avait oublié de lui dire quelque chose.

Soudain, il eut l'impression qu'on le
repoussait doucement dans le silence. Il
vit Perrin crier, mais ne l'entendit pas. Sa
vue se troubla. Sa bouche devint sèche.
Et lorsqu'il fut étendu sur le sol, la tête en
l'air, regardant le ciel, il cracha un long filet
de sang et d'écume ; puis un petit cri. La
cour était vide, horriblement vide maintenant. Il était seul, allongé, blafard. Perrin,
à dix mètres de lui, se tenait la jambe. Turpin s'était traîné jusqu'au mur et pleurait.
Et tandis qu'Éthis de Corny halète sous
le parapet et gesticule en direction de ses
camarades afin qu'on vienne le chercher,
Sagault gît seul au milieu de la cour. Il gît
parmi ses regrets, son histoire éparse qu'on a
jetée par terre : la Planche-Mibray, son atelier, ses serre-joints, ses marteaux, ses fines
pinces de roseau, tout ce qui avait accompagné sa vie mortelle jonchait le sol autour
de lui. Le ciel est là, énorme. Sagault est tout
petit. Il est tout petit dans son tablier d'ar-
tisan, car il est venu là sans se changer, en
tenue de travail ; et il meurt dans sa vieille
blouse, toute couverte de taches comme la
palette d'un peintre.

Dieu que c'est petit un homme. Et que
la cour est grande. Les murs s'écartent, le
ciel est lourd ; il fait affreusement chaud.
Sa femme doit être inquiète ! Ils habitent
un grenier d'où l'on voit Paris, c'est leur
grande richesse ; ils prennent plaisir, le
soir, à se tenir un moment ensemble à la
fenêtre. Ils se donnent la main, échangent
quelques banalités sur la couleur des toits
et le petit arbre que l'on devine, en bas, dans
la courette ; ils causent un peu de leur journée. C'est ce qu'on appelle s'aimer. Oh ! ce
n'est pas grand-chose, bien sûr, ce n'est pas
une vie de procureur du roi, ni d'avocat, ni
d'électeur, mais une petite vie de rien du
tout. Et ce n'est pas si mal au fond, cette
petite vie, elle est faite de bien des choses
qu'on ne saurait nommer, une façon de se
pelotonner au lit l'un contre l'autre, des
habitudes stupides que l'on a, des façons de
s'appeler, de s'engueuler, de se réconcilier
aussi – un ton de voix. Bien sûr, ce n'est pas
facile tous les jours. On n'a pas encore payé
son terme, le mois a été dur, peu de travail
et de la dépense. Mais on se serre les coudes.
On est jeune, on espère. Hier soir, avec sa
femme, ils ont joué aux dés, au lieu de dîner.
Les affaires iront mieux le mois prochain.

Soudain, à travers je ne sais quelles migra-
tions déchaînées d'images et de mots, le
visage de sa femme lui apparaît, un peu
inquiet, soucieux. Mais qu'a-t-il donc oublié
de lui dire ? Il ne sait pas. Il la trouve belle,
tout près de lui. Le soir, dans le grenier, on
se caresse ; le goût des lèvres, de la bouche,
tout cela est si doux, si intérieur, qu'on ne
sait le décrire. Chaque homme a son secret.

Il revoit leurs draps blancs. La petite
fenêtre. La cour où les enfants jouent. Ah !
que c'est beau et calme la vie, à l'abri, derrière ses souvenirs. À présent, deux types
le traînent comme un sac, près du mur. Il a
perdu connaissance. L'un d'eux lui tient la
jambe et retire ses souliers ; il les enfile très
vite, il est pieds nus. L'autre arrache sa chemise et retourne ses poches. Alors, la pla-
cière qui se tient derrière nous en silence,
notre vie durant, lève enfin la tête et lui
demande de la suivre. Sagault remarque sa
figure sans expression, ses prunelles trans-
parentes, elle ressemble à Milly, à Corny et
à tous les autres ! Autour, la foule vocifère.
On lui hurle de ne pas obéir. Et cette fois-
ci, il voudrait bien ne pas y aller, reprendre
son fusil... mais sa main est trop lourde à
présent, son bras mort. Un garçon affolé

marche sur son cadavre. C'étaient les tout derniers instants de son existence, il le sut brusquement ; et il eut l'idée bizarre que ceux-ci seraient marqués d'un vide, un blanc. Il ne resterait rien de lui, tout ce qu'il avait fait, ses quelques meubles, ses nippes, seraient vendus à la sauvette, posés sur le trottoir. Que deviendrait sa femme ? Certaines vies comptaient donc davantage que d'autres. Tout ce qu'il aimait serait oublié.

Alors, il sentit qu'on le soulevait. Il eut peur. Sa tête tomba sur le côté et il ouvrit les yeux. Le long de la muraille, entre les jambes de ceux qui le portaient, il aperçut une toute petite fleur jaune. Un bouton d'or. Son attention se concentra une dernière fois, il y mit tout ce qu'il lui restait de force. Encore une seconde ! juste une seconde ! La petite fleur était pâle, jaune. Le temps se figea comme la foudre. Il la regarda. Ah ! comme il aurait voulu la tenir entre ses doigts. Comme il aurait voulu... il ne savait plus quoi. Son regard chavira ; mais qu'avait-il donc oublié de dire ? On le posa par terre, sur un sol dur et froid. Il lui sembla que son visage plongeait dans l'eau glacée ; et il ressentit une grande douleur dans le ventre. Un chien renifla sa culotte,

puis son visage. L'haleine le réchauffa un
peu. Il y eut un cri ; un type lança un coup
de pied au chien qui partit en hurlant.

*

Une fois passé le coup de feu, les assaillants
ressortent de sous les voûtes. Éthis se relève
lui aussi, époussette son col et enfile mala-
droitement son chapeau. Tout ce carnage
est de leur faute ! Furieux, on l'attrape au
collet ; il reçoit une gifle et se sent soudain tout petit, bien plus petit que Turpin et sa jambe qui saigne, bien plus petit
que Sagault, le cadavre. Il a peur. Il essaie
de donner de la voix, de se faire entendre.
Les beaux discours sont une spécialité, une
force ; ils impressionnent les petites gens.
Éthis ravale sa salive, tente de dire quelques
mots, mais il a la trouille et ne trouve que
de pauvres locutions usées, des bribes de
phrases toutes faites, un déplaisant mélange
d'indignation et d'autorité.

Mais ce n'est pas le seul à souffrir qu'on
le moleste ; Louis-Lézin aussi se fait bot-
ter le cul, il avale son mouchoir. Piquot se
prend une torgnole bien méritée. Des assiégeants viennent de mourir à cause de leur

incurie, de leur députation imbécile. On
ne leur a rien demandé. Ils sortirent donc,
piteux, environnés de fusils et de haches, de
tronches sinistres, peu rassurantes. Éthis de
Corny se faufila le premier. Il faut se repré-
senter son visage mou, douceâtre, un peu
gras, tandis qu'il trottine loin des cadavres,
entraînant derrière lui la crème de la députation, sans se soucier des simples soldats
qui l'avaient accompagnée pour lui appor-
ter protection. Tant pis pour les petits soldats, ouste, on décampe, ils s'arrangeront
avec leurs congénères. Mais Boucheron qui
est bon homme revient en arrière. Il cherche
un instant Joannon, le drapeau, ne le trouve
pas. L'homme a dû rejoindre les émeutiers.

Et tandis que Boucheron repasse seul par
les mêmes cours, longeant les maisons, sous
les salves, voici que dans la cour du Salpêtre,
surprise ! il aperçoit Poupart. Le pauvre
Poupart est pris au milieu d'un groupe de
journaliers et de manœuvres ; ils parlent
de le tuer. Cette fois-ci, c'est du sérieux.
Ainsi se comportent les citoyens avec leurs
représentants, quand ils ont l'occasion de
les rencontrer. Aussitôt, Boucheron s'in-
terpose, crie à la méprise, jure qu'ils sont

prêts à marcher à l'assaut de la forteresse,
qu'ils retournent justement à l'Hôtel de
Ville demander un renfort de canons. On
dut se regarder perplexes. On lui rendit toutefois ses pistolets, le visage fermé, méfiant.
Et tandis que Poupart et Boucheron sortent
sans demander leur reste, la foule les suit,
menaçante. Alors nos amis, une fois dans
la rue, afin de donner le change aux misérables qui les harcèlent, hurlent à tue-tête.
Ils hurlent qu'il faut prendre les armes,
qu'on vient de faire feu sur une députation
de citoyens. Et il est comique d'imaginer
cette ambassade olympienne, qu'une multitude environne, tourmente, traumatise,
jouer les révolutionnaires ; et par-delà le ton
lyrique, naïf qu'emploie Boucheron dans sa
relation, pour narrer l'épisode, il est bidon-
nant de supposer Poupart et Corny s'épou-
moner, vociférer qu'on les a trahis, qu'il faut
prendre la Bastille à coups de canon et appeler à l'insurrection. Mais le public n'est pas
dupe, et jusqu'au bout, jusqu'au comité de
l'Hôtel de Ville, une foule hostile les suit
depuis *le théâtre des faits* ; et malgré toutes
les assurances que nos notables prodiguent
à grands frais, malgré le catéchisme révolutionnaire qu'ils clament soudain de rue en

rue, les mains en porte-voix, on leur frotta le poing sur le crâne et on leur mit de sublimes coups de pied au cul. Une fois revenus à leur comité, sous les lambris, il ne fut plus question d'envoyer des canons. Leurs collègues indignés leur prêtèrent des vêtements décents, les leurs étaient en lambeaux. Ce fut leur premier contact avec le peuple et ils souhaitèrent s'en tenir là.

UNE PLANCHE
AU-DESSUS DU VIDE

L A FOULE exaspérée mit alors le feu. On commença par brûler deux charrettes de fumier qui se trouvaient là. Un serpent épais roule sur les pavés, rampe le long des murailles. Ça pue. Les yeux piquent. On crache ses poumons. On tire son tablier devant sa bouche. Le brouillard envahit la cour. Personne ne voit plus rien ; la Bastille disparaît dans la brume. Et puisqu'on ne pouvait pas mettre le feu au château, on mit le feu aux dépendances.

Le feu est une chose merveilleuse. Mais le feu qui détruit est encore plus beau. Les charpentes sont mordues par des couronnes de petites flammes bleues. Les montants de porte font de grandes torches de lumière. Les murs semblent se consumer de l'intérieur. On regarde. Les casernes de la cour brûlent et tout le monde regarde.

Les yeux se perdent dans les contours qui se dissolvent. L'homme est emporté tout entier, hypnotisé, replié en lui-même ; par instants, on dirait que le feu va prendre forme, devenir signe, figure, que les images vont défiler en lui comme dans une boule de cristal.

Le 14 Juillet, il y eut plusieurs géants. Delorme. Hulin. Voici Réol. Il porte un nom de Dieu. En réalité, il se nomme Mercier, il est marchand de vin. On l'appelle aussi Vive l'Amour. La fumée n'est pas son genre. On perd du temps. On ne voit plus rien, il devient impossible de se battre. Il faut écarter ces deux charrettes qui brûlent au milieu de la cour. Il gueule qu'on l'aide ; on soulève les brancards – oh, on tire le grand barbecue, hisse, on avance d'un demi-pas ; et puis on pose, on pose ! Un type s'est cramé les cheveux. On fiche un coup de pied à Canivet ; le gamin se planque sous la charrette. La caravane de cendre et de fumée longe les casernes en flammes.

*

Le pont-levis avait été baissé, ses chaînes coupées, mais la herse barrait encore le passage. La foule était entrée en masse par le petit pont. Des hommes hissaient les fûts de canon à travers les dents de la grande herse. Ils se tenaient en grappe contre la grille, poussant les gros tubes de fonte, puis les retenant et les faisant tourner. Humbert aidait à la manœuvre. Sérieux, pugnace. Gaulier gueula que la ferraille lui *rouchait* les doigts ; on souleva lentement le tronc ; sa main n'était plus qu'un morceau de chair.

Sous le porche, on reposait tout douce-ment les fûts sur leur berceau. Et puis on les roulait au premier rang, tout là-bas, en face du pont dormant. En traversant la cour, on évita deux cadavres. L'un d'eux se tenait bouche ouverte, face au ciel. On braqua les gueules de bronze vers le dernier pont-levis. Le petit canon du roi de Siam était là, lui aussi, pointé sur la Bastille.

Humbert se place derrière un canon, comme s'il était à l'établi. Lui, le petit hor-loger venu de Suisse, il verse la poudre, bourre à la baguette, un soldat soulève le boulet, et boum. Il n'a jamais fait ça, Hum-bert, il s'occupe d'habitude de choses pré-cises, de mécanismes de montre. Et voici qu'aujourd'hui, il tire en direction d'une forteresse. Le canon tousse une fois, deux

fois, trois fois, quatre fois, cinq fois, six fois.
Les murailles résistent. Les boules de fonte
écornent le calcaire puis terminent leur prodigieuse carrière dans les fossés de la forteresse entre les nénuphars et les rats. On fit
alors le plan de forcer les portes. Il fallait
placer les canons plus près, sur le pont de
pierre. On roula les pièces jusqu'à l'avenue
de la Grande-Cour, on avança résolument
jusqu'à la Bastille ; et l'on se mit en batterie
à quelques mètres, face au grand pont-levis.
C'était le dernier obstacle.

À l'intérieur de la forteresse, il y eut un
instant d'épouvante. Les canons étaient braqués sur les tabliers de bois, ils pouvaient
les éventrer d'un instant à l'autre. Un peu
plus loin, les deux voitures brûlaient encore
et leur fumée mangeait les yeux. Dans la
cour flottaient des tourbillons de poussière. De toutes les fenêtres voisines, on
faisait feu sur la Bastille. Les canons firent
feu à leur tour. Pris sous les tirs de la forteresse, Humbert faillit tomber, il se releva,
trébucha sur un cadavre, et l'on se mit à tirer
sur l'énorme portail. Une décharge terrible
partit du haut des tours. Elle balaya l'avancée du pont.

Soudain, les émeutiers qui se trouvaient
là furent bien étonnés de voir éclore, tout
doucement, d'un trou dans le tablier du
grand pont-levis, de l'autre côté du vide,
un mot. Par une petite bouche, qui était
en réalité destinée à un fusil de rempart, et
donc à donner la mort, un billet fut glissé.
Ce bref message était rédigé sur un tout
petit morceau de papier, une antisèche. On
l'avait roulé comme une sarbacane ; et l'on
aurait dit qu'on se passait secrètement une
lettre d'amour.

Les assaillants cherchèrent un moyen de
l'atteindre. On criait en tous sens, on était
très impatient de le lire. C'est que depuis
des siècles on l'attendait ce petit mot, un
mot d'excuse peut-être, qui nous souffle-
rait que tout est fini, qu'on allait enfin par-
tager, que ç'avait été une mauvaise blague,
l'Histoire, qu'on n'y reviendrait plus, qu'à
présent, on pouvait sortir tranquillement
des tableaux de Le Nain et des chansons à
boire, que c'en était terminé des salaires de
misère, du mépris.

On est au bord du vide, le mot est là, on
ne peut pas l'atteindre. Des hommes tentèrent d'arracher un morceau de planche
aux cuisines qui avaient brûlé. En vain.

Un type nommé Ribaucourt courut alors
chez le menuisier Lemarchand, rue des
Tournelles. Au moment crucial, à l'instant
héroïque, tout sombre dans la débrouille,
c'est justement ce qui est beau ; il faut aller
chez le menuisier chercher quelques planches. L'action est suspendue, l'instant histo-
rique, énorme, est entravé par une donnée
pratique, élémentaire : il faut une planche
pour traverser la fosse et attraper le billet ;
or, de planches, il n'y en a que chez le menuisier, et le plus proche se trouve rue des
Tournelles et s'appelle Lemarchand. Ribaucourt file donc vers la rue Saint-Antoine ;
mais dans le chemin courbe qui sort de la
Bastille, des gens lui demandent ce qu'il
fait, où il va ainsi, à contre-courant. Chercher une planche ! On le prend pour un
dingue, Ribaucourt. On est à deux doigts de
prendre la Bastille, et en voici un qui court
chercher une planche ! Ce Ribaucourt est
un fameux lapin. Il court vite. Il connaît
bien le quartier, il vit aux Blancs-Manteaux.
Et puis la boutique du menuisier est au tout
début de la rue des Tournelles, alors ! Mais
la foule est dense et Ribaucourt est fatigué.
C'est qu'il aura bientôt cinquante piges. Et
puis il est là depuis ce matin, comme tout

le monde. Nous l'avons déjà vu une fois sortir la tête de la foule, il a sauvé la mise au petit Belon, le sergent-chef de la première députation. La foule a bien failli le lyncher, mais Ribaucourt l'a tiré de là on ne sait trop comment.

Notre homme se fraie un chemin dans la rue. Il y a un de ces monde ! Personne ne sait ce qu'il va faire, ce type qui traverse le fleuve roulant depuis l'Hôtel de Ville jusqu'au Faubourg, submergeant tout. Il se grise, Ribaucourt, son cœur bat très fort. Tout le monde l'attend. Il est un peu comme un acteur quittant les tréteaux en plein spectacle, au moment où tout va se dénouer, et qui laisserait la scène vide. Ces milliers de gens qui sont là dans la rue et qui le bousculent ne savent pas qu'on n'attend que lui, que sans lui on ne passera pas à l'acte suivant. Il faut ces satanées planches. Le vide est là, entre les hommes et Dieu, il va bien falloir le franchir. Ribaucourt a eu l'idée des planches, la conception d'une passerelle improvisée, il connaît le menuisier Lemarchand, sait parfaitement où est sa boutique, il manquerait plus qu'il fasse un malaise à cause de la foule qui le presse ! Dieu du diable, il est trempé, il fait une chaleur insupportable. Ribaucourt

avance visage contre visage, gueule contre
gueule, il croise des centaines de regards,
sent la transpiration des hommes, admire la
beauté des femmes, jette un mot à la ronde,
que l'on n'entend pas.

Le voici chez Lemarchand. Il lui explique
en deux-deux. La Bastille va tomber. Il me
faut une planche. Tout de suite. Le type
comprend. Justement, il y a là onze planches,
je ne te fais pas l'article, va, prenons-les, je
t'accompagne. Les deux hommes portent
l'un cinq planches, l'autre six. Et les voilà
partis au milieu de la foule, souffrant le
martyre, avec leurs planches, comme deux
types qui déménageraient un 14 Juillet, en
pleine fiesta, et traverseraient la cohue avec
leur bahut de cuisine ou leur canapé.

Enfin, Ribaucourt revient avec ses onze
planches. On fait alors glisser la plus longue
et la plus robuste jusqu'au pont, en travers
du fossé, mais elle est tout de même étroite,
branlante. Une planche n'est pas un pont.
De l'autre côté, le petit mot attend toujours.

Au dehors, la foule ne savait pas du tout
ce qui arrivait. Des types grimpaient sur
les épaules de leurs camarades et gueu-
laient : on voudrait bien savoir ce qui se passe ! Ils fixent une planche, répondait-on.

Une planche ? Cela devait paraître étrange,
déplacé, saugrenu peut-être, une farce. Oui,
c'est ça, on leur faisait une farce. Au tout
dernier moment, on leur tirait la langue.

LES FUNAMBULES

U N HOMME s'aventura sur le chemin de
bois. Il y eut un "Oh", puis le silence.
La rumeur enflait dans les rues alentour,
mais ici, dans la grande cour, tout le monde
se taisait. Les sentinelles en haut des tours
se penchaient pour le voir, les pistoleros aux
fenêtres suivaient le funambule, tous ceux
qui étaient là, autour du pont-levis, voulaient voir l'homme danser sur sa planche.
Et soudain, Michel Béziers fit quelques pas,
c'était l'homme ; toute l'attention se concentra sur lui. Il n'y avait plus de Bastille, plus
de royaume de France, plus personne dans
Paris. Il n'y avait rien d'autre que Michel
Béziers. Bien sûr, nul ne le connaissait, c'était
un petit gars de la Trinité, en Mayenne, un
gars de trente-huit ans, un pauvre diable de
cordonnier, vêtu de haillons. Il avait été soldat en Corse. Et c'est peut-être là qu'il avait

pris ce goût de saltimbanque, dans l'armée,
entre deux cuites de myrte, puisqu'on ne
connaissait pas encore le cap-corse ni le cin-
zano. Mais il était sérieux, ce jour, il ne faisait
pas le mariole, Michel Béziers. Les mouettes
hurlaient. Le vent d'ouest amenait de petites
volutes de poussière. Les yeux de tous ces
gens, ça faisait peut-être trop de poids sur sa
pauvre tête. La planche frissonna et Michel,
le petit gars de Mayenne, tomba. On aurait
dit que l'homme chuait dans le gouffre.
C'était à la fois ridicule et grandiose. Un fait
divers ou un symbole.

Il y eut une rumeur indescriptible. Chacun voulait savoir ce qui s'était passé. On
se pencha. Humbert prétend qu'il était
mort. Une autre version est plus folâtre,
plus distractive. Dans le fossé, parmi les
ordures, les cailloux et les plantes aqua-
tiques, Michel, qu'on avait cru tué, gémissait et se tenait le coude. Il était cassé. C'est
curieux comme le trivial se mêle à l'histoire
de l'homme, le commun côtoie l'idéal. On
est là très loin de l'Ancien Régime, très
loin de la rhétorique de l'honneur qui n'a
rien d'idéal, et des grands épisodes ripoli-
nés de la monarchie, très loin de Bayard et
du Roi-Soleil. Au moment où le temps est

prêt à se rompre, où la volonté humaine doit franchir une étape insensée, un type se casse bêtement la gueule. Mais le sublime reprend la main.

Le lieutenant de la Bastille, qui suivait par un petit trou de serrure tout ce qui se passait dehors, prétendit que ce fut Élie le suivant. Mais le brave Élie est le joker de toutes les fables. Le soir même, il tentera de sauver, en vain, le gouverneur de la Bastille du lynchage. Aux yeux des notables, cela fera de lui un honnête citoyen et il incarnera désormais la figure édifiante de l'émeutier présentable.

Une autre hypothèse attribue à Maillard l'exploit. Cela est plus intéressant, plus sombre, plus terrible. Maillard est comme Fournier l'Américain, ou le Nègre Delorme, un paria de la Révolution, un excessif, un de ceux qui épouseront le cours insurrectionnel des choses. Il a vingt-cinq ans. Il prendra une part active à toutes les grandes journées révolutionnaires. Il sera de la marche des femmes sur Versailles, en octobre. À la tribune de l'Assemblée, il déclare : "Nous sommes venus à Versailles pour demander du pain." Un mois plus tard, il déménage pour le quartier Saint-Jacques.

Il s'adonne sans cesse à la politique la plus remuante. Il avance avec le courant. On le rencontre aux cafés, il dispute, il complote. Ainsi, on le retrouve à la boutique de Cholat, rue des Noyers, en compagnie de Rossignol, d'Ouasse et d'autres séditieux, auteurs de papiers incendiaires, toujours prêts à se soulever. On le dirait maroufflé sur le bat-flanc du monde. Le 10 août 1792, il est de nouveau là, actif, déterminé, il colle aux événements. Il déménage rue Jean-Pain-Mollet. Aux massacres de Septembre, il est encore là, comme Delorme, comme Fournier. Un habit gris et le sabre au côté, il juge ; le peuple était exaspéré, son intervention sauva des vies humaines. Il déménagea encore. La maison d'un boulanger, en face de l'Hôtel de Ville, sera sa dernière demeure. Dans la tourmente, les rôles de Stanislas-Marie Maillard seront de plus en plus tragiques, de plus en plus incommodes, éprouvants. C'est qu'il n'est mandaté par personne Maillard, il ne se présente pas aux élections, ce n'est pas un notable, il suit le cours ardu de la Révolution, et il le suit depuis la rue. Il est avec tout le monde, avec les ferblantiers, les corroyeurs, les marchandes de soupe.

À la fin, Maillard devient amer. La nuit, il dort mal. Sa femme est au lit, il la regarde. La lumière des bougies est livide. Il se traîne jusqu'à la fenêtre ; une ombre longe la Seine. Il ne sait pas quelle heure il est, très tard sans doute, il a mal partout. La vie est passée, cela, il le sait ; ah ! il aurait voulu maintenant un tout petit bonheur, presque rien, et non pas cette grande routine de la colère. Sa femme est là, endormie ; il se serait contenté de peu, croit-il ; ce petit deux-pièces où ils vivent depuis quelque temps, quelques promenades le long des quais auraient bien fait l'affaire. Il aurait pu avoir un métier, n'importe quoi, comme les autres hommes. C'est ce qu'il se dit, tandis qu'il tousse encore, la poitrine en feu. Il se rassied, il est à bout de force. Il n'a pas beaucoup dormi depuis cinq ans. D'ailleurs, ils sont tous comme lui, les Robespierre, les Billaud, les Collot, ils sont fatigués, ils voudraient s'allonger dans la terre molle et dormir. La Révolution ne s'arrête pas la nuit. On ne peut pas rentrer chez soi, mettre le couvert, faire un brin de vaisselle, feuilleter un bon livre et se coucher tôt. Non. On peut seulement bouffer sur un coin de table et faire l'amour à la

sauvette. Sa jeunesse sera passée ainsi. Au
début, le tourbillon était chaud. On était
plein d'espoir. Heureux. Puis le tourbillon
est devenu froid, si froid. Oui, Maillard
aurait aimé une vie plus douce, des enfants,
qui sait ? une bibliothèque même, pourquoi
pas ? voir un peu de pays. Mais il n'aura rien
vu d'autre que les tourbillons de la Seine.
Rien vu d'autre que Paris sens dessus dessous. Il se ressert un peu de vin ; le caril-
lon de l'Hôtel de Ville sonne cinq heures.
Maillard jette un œil sur sa chambre. Il n'y
a rien. Tout est gris. Il se bourre une pipe,
lentement, sous la lampe. Une fois qu'il
l'a allumée, il se met à tousser. Il la repose,
sort dans le couloir pour ne pas réveiller sa
femme et crache le sang.

L'heure passe. Le jour arrive. Maillard
est étendu sur le lit. Il a trente ans. Un
portrait de lui nous le montre rude, vieux
avant l'âge, le menton fripé, le nez busqué,
la lèvre forte, avec quelque chose dans le
visage de dur et de fatigué. Et maintenant, avant de remonter le courant, il faut
emmener avec soi le Maillard qui rédige en
toussant sa lettre de justification à Fabre
d'Églantine à la toute fin de sa vie bouil-
lante, que l'on imagine sous la lampe, des

nuits entières, arc-bouté, malade, prenant
tisane sur tisane, la porte gardée par les
roussins. Il nous faut tendre la main à ce
Maillard-là, à l'ombre qui crache une étoile
de sang sur sa chemise, à ce vieil homme de
trente ans sur lequel la Révolution est passée, et qui meurt pauvre et en colère, entre
deux piles de papiers. Bien sûr, elle est un
peu véhémente la prose de Maillard, gran-
diloquente peut-être, mais elle pue la vérité.
Elle sent l'exaspération, l'impatience, et elle
semble toujours menacée par une sorte de
crise. Et c'est à partir de ce Maillard-là, ce
vieillard de trente ans que son épouse soigne
dans leur garni, le malade, celui qui crache
du sang, mais aussi à partir du Maillard
de combat, le Maillard de plume comme
le Maillard d'épée, celui qui parle à tout le
monde, aux hommes comme aux femmes,
aux pauvres, aux plus petits, c'est avec tout
cela, l'odeur de lampe à huile qui sature sa
chambre, le mince filet de sang qui sèche à
ses lèvres, qu'il faut remonter jusqu'au Maillard du 14 Juillet.

Emmenons-le avec nous, prenons dans
nos bras ce Maillard malade, amer, et trans-
portons-le dans le jeune homme de vingt-
cinq ans, dont on raconte qu'il était grand,

et non pas voûté, l'œil superbe et non pas
jauni et cerné, qu'il avait les cheveux bruns
noués en catogan, et non pas en désordre
sur une vieille robe de chambre, qu'il portait un habit gris à larges poches et des bas
chinés ; et une fois que le vieux Maillard est
entré tout entier dans le jeune, traversons
avec lui le vide, ce 14 juillet. Michel Béziers
s'est cassé la gueule, et le voici à son tour,
Stanislas Maillard, en équilibre ; la foule ne
le perd pas des yeux. Il fait un pas, un autre,
le geste sûr, déterminé, utilisant ses bras
comme balancier, un mètre, deux mètres,
l'espace s'élargit, se dilate, trois, quatre, cinq,
six, un homme, Maillard, approche enfin
de la forteresse. Il tend la main, comme au
plafond de la Sixtine, et prend le petit bout
de papier.

Il fait le chemin de retour très vite, sans
hésiter, tend le message à Claude Degain,
qui se trouve là par hasard et ne sait pas lire.
Il le passe à Élie. La foule écoute. "Nous
avons vingt milliers de poudre ; nous ferons
sauter le quartier et la garnison, si vous n'ac-
ceptez pas la capitulation de la Bastille" ;
"Nous acceptons !" lança aussitôt Élie, par
l'un de ces élans généreux où l'homme se

substitue aux autres. Il y eut un cri général.
Une réprobation.

Ce fut un instant de flottement. On ne
voulait pas d'une capitulation, où les assiégés sortent avec les honneurs. On exigeait
une reddition pure et simple. Le gouverneur
accompagné de quatre invalides descendit
sous la voûte et tira de sa poche une clé ;
il hésitait encore. La foule criait : "Baissez
les ponts !" De Launay avait le front tout
moite, l'œil égaré. Les suisses sentaient que
c'était la fin, que les portes allaient s'ouvrir,
et qu'ils seraient entraînés, bousculés, mal-
traités, tués peut-être par une force logique
invincible. Cela dut leur glacer le sang. Et
pourtant, au fond, ils voulaient les voir ces
gens, leurs visages, leurs yeux, la forme de
leur bouche, cette foule si nombreuse, ces
cordonniers, ces marchandes de poissons
qu'ils connaissaient pourtant bien, dont le
désir aujourd'hui semblait si fort ; il leur
semblait soudain ne les avoir jamais vus.

Un quart d'heure passa. Une rumeur
incessante tournoyait dans l'air comme
une aveugle. Enfin, puisqu'il ne se passait
rien, la foule s'écarta ; on se remit derrière
les canons. On allait de nouveau faire feu.
À cet instant, cela lui perça brusquement le

cœur, à de Launay ; à bout de force, et sans
tout à fait le comprendre, il donna l'ordre
d'abaisser le petit pont.

Quand le tablier heurta le bord, ce fut
comme si deux côtés du monde se tou-
chaient. Aussitôt, Maillard, le petit Canivet, Degain, Tournay, Cholat, Élie, Hulin,
Arné, Humbert, les frères Morin, tous se
précipitèrent ; mais la porte derrière le pont-
levis resta close, on se trouva bloqués. On
tambourina. Une pauvre porte s'interposait
encore entre la foule et la forteresse. La Bastille était devenue une simple maison à la
porte de laquelle le monde frappait. Alors,
scène irréelle, comme le portier de nuit
qu'on réveille dans un hôtel et qui bâille, un
invalide, ignorant tout de la rhétorique des
grandes occasions, entrouvrit et demanda
poliment ce qu'on voulait.

LE DÉLUGE

CE FUT un déluge d'hommes. Il devait être un peu plus de cinq heures quand la foule se rua dans la Bastille. Dans la cour intérieure, les invalides et les gardes suisses sont en rang. Les poches remplies de clous et de chevrotine, les émeutiers hurlent : "Bas les armes !" Un officier dédaigne le faire. On se jette sur lui et on arrache son sabre. Jean-Baptiste Humbert court vers l'escalier, sur la gauche, il grimpe les marches quatre à quatre. La grande vis de pierre lui tourne la tête. Tout va très vite ; Humbert enfile des centaines de marches sans rencontrer personne, regringole, varappe, escalade la tour, et parvenu en haut, tout essoufflé, à bout d'excitation, il se rend compte qu'il est seul. Le voici sur l'une des tours, il regarde la foule en bas qui étrangle la citadelle ; il y a du monde partout, la ville entière afflue vers la Bastille. Paris veut entrer. On tire encore quelques coups de feu. Le ciel est sombre. Et Humbert est seul, seul tout en haut du monde. Il voit tout, il sait tout, il est le premier homme.

Mais le rêve s'achève, Humbert aperçoit un soldat accroupi, lui tournant le dos. Le suisse ne l'a pas vu, ne sait sans doute pas que la Bastille est prise. Humbert le met lentement en joue. Le bout de son fusil guigne l'échine de l'homme. Il ne voit pas son visage. Ce n'est qu'une ombre pétrifiée, une gargouille.

Humbert crie : "Bas les armes !" Le type se retourne ahuri. Il a un bon petit visage. Il pose aussitôt son arme et assure en pleurant qu'il est du tiers état, qu'il le défendra jusqu'à la dernière goutte de son sang et qu'il n'a pas tiré. Humbert ramasse son fusil, fait un pas et pose sa baïonnette sur le ventre de l'homme. C'est tout mou une bedaine, tout arrondi, rempli de boyaux, de tripes, de quoi faire de l'andouillette pour un régiment. C'est plein de bombements et de convexités, de cavernes, de gaz, c'est plein de tuyauteries, de sacs, de girons, d'épigastres. Mais Humbert n'est pas un sanguin. Il aime son prochain et n'est pas féroce. Il confisque au soldat sa giberne, puis se tourne rapidement vers le canon à dessein de le faire tomber de son affût pour l'empêcher de servir. Tout se passe en quelques instants sous un lourd baldaquin de nuages. Le suisse ne bouge plus. Humbert ne le perd pas de vue. Mais au moment où il se penche sur le canon, l'œil collé à sa chair obscure, une balle venue d'une autre tour, crevant l'air de sa petite robe noire, lui traverse la nuque. Le bas de son visage se crispe, il semble tout petit et soudain si fragile ; son cou devient tout rouge, et quelque chose de très puissant le freine, le pousse, le happe. Il tombe. Sa tête heurte la pierre, sommeil noir, un fil casse, sa douleur se retire en lui, très profond, humide et chaude. Il se réveille un peu plus tard sur les marches de l'escalier. Le suisse le secoue par les épaules, sa blessure saigne beaucoup ; il l'a porté jusqu'ici. Le visage étincelant de sueur, les deux hommes se regardent. Le soldat déchire sa chemise pour panser la plaie.

On courait en tous sens. Chacun empruntait le plus court chemin vers la vérité. Rossignol se hissait sur une autre tour. En montant, il vit une cellule qui était fermée et tira les verrous. Un jeune homme était

là, beau, mais tout pâle. Quel bonheur de
le foutre dehors ! Rossignol reprend l'escalier, fou de joie. Lorsqu'il parvient en
haut, il trouve un boulanger, Morin. Avec
ses frères, il retournait les canons. Ils faisaient cela comme un autre travail, manches
retroussées. L'un avait peut-être la clope au
bec. L'autre crachait dans le vide. La bête
est lourde, mais on parvient à la faire riper.
Dans la liste des vainqueurs, on trouve bien
un Morin, boulanger, mais on ne sait rien
de plus. Sitôt apparu au sommet de la tour,
il se dissout dans l'azur. En dessous de lui,
dans la liste, il y a un autre Morin, cordonnier. C'est peut-être l'un de ses frères. Il avait
trente ans. Il venait d'Énoque, village dont
le nom, sans doute mal compris ou peut-
être seulement mal orthographié, nous
fait rêver à de grands fleuves ou de bons
patriarches. Mais lui aussi, au-delà de son
minuscule CV, est avalé par la nuit.

Et maintenant j'imagine Delorme, le
Noir, au milieu de la foule, il entre dans la
Bastille. Il court lui aussi, se perd dans les
couloirs, pénètre les cachots. La fumée
des charrettes, qui brûlent encore, monte
jusqu'en haut des tours. Des têtes surgissent aux rares fenêtres de l'édifice comme

des diables sautant de leur boîte. En bas, des hommes arrivent de tous les faubourgs. Le soleil reparaît. Les visages brûlent, les vêtements sont crasseux. On ne se connaît plus. C'est trop beau. Dans les jardins, les buissons gémissent sous leur cape de poussière. Le vent fouette les arbres. Dieu que c'est beau le monde, vu d'en haut ! Le vent se lève. Le ciel tombe. Il y a des cadavres dans la cour. Que c'est beau un visage ! bien plus beau que la page d'un livre, les sentiments y surgissent de toutes parts et s'y éteignent. Mais les morts sont tristes, intimidants. Quatre-vingt-dix-huit morts et d'innombrables blessés gisent sur des brancards de fortune, sur les tables des bistrots alentour ou sur les marges des églises. Seuls quelques noms ont été retenus, petits fragments de vie fossile : Begart, Boutillon, Cochet, Foulon, Quentin, Grivallet, Poirier, David, Falaise, Rousseau, Gourni, Ézard, Desnous, Courança, Blanchard, Levasseur, Sagault, Bertrand. Essaras, Aufrère, Renaud, Gomy, Dusson et Provost.

En revanche les morts de Flesselles, prévôt des marchands, qui trônait à l'Hôtel de Ville, et du gouverneur de la Bastille, de

Launay, que le peuple lyncha le soir même, sont parfaitement documentées. Sur la mort du gouverneur, il y a l'interrogatoire de François Desnot, cuisinier. Sur celle de Flesselles, il y a la déposition du fossoyeur de l'église Saint-Roch et une information d'office. Malheureusement pour lui, le temps a conservé d'autres pièces. Une déclaration du directeur de la manufacture d'armes de Charleville nous révèle l'offre de douze mille fusils qu'il lui a faite le 13 juillet, vers quatre heures de l'après-midi, mais le maire de Paris n'a pas donné suite. Pourtant, tout au long de la journée du 14, le peuple lui réclama des armes et le bon prévôt des marchands ne cessa de lui en promettre, déplorant de n'en pas avoir. Cela retarda considérablement la prise de la forteresse et fut cause de beaucoup de morts.

Mais afin que la barque soit vraiment pleine, ajoutons cette lettre de la maison du roi qui, le 11 décembre 1789, annonce à la marquise de Launay le versement d'une pension de trois mille livres, *eu égard aux malheurs et aux pertes par elle éprouvés le 14 juillet*. Et puis, du côté de Flesselles, il y a également ce procès-verbal de scellés pour son hôtel, rue Bergère, et son château

du Marais, ce qui nous laisse une petite idée
de ce qu'en rendant l'âme il perdait. Mais là
encore, reste, à l'ultime suffocation de ceux
qui n'auront pas le bonheur d'être dans les
bonnes grâces, cette décision du roi qui, le
6 mars 1792, accordera à la veuve du prévôt
des marchands une gratification de quatre
mille livres, *eu égard à sa triste position.*

*

Huit mois plus tard, le 23 mars 1790, vers
huit heures du matin, Marie Bliard quitte
la rue des Noyers, à Maubert ; il fait froid,
elle porte un châle sur les épaules. Elle passe
devant Saint-Séverin et par le pont Saint-
Michel, puis se présente à l'office du commissaire Duchauffour, rue Saint-Louis, près
du Palais. Les commissariats ont dû certes
changer, mais un petit air de famille se per-
pétue toujours dans les institutions, un
mode de vie, un folklore. On la fit attendre
sur un mauvais banc. Le temps lui sembla long. Le plâtre s'écaillait au-dessus du
comptoir, un planton bullait sur sa chaise.

Enfin, on l'appela, c'était son tour. On
la fit pénétrer dans un petit bureau, où
un gros type la fit asseoir. Il portait une

mauvaise robe de serge noire, sale et trouée.
C'était le clerc. Il lui demanda de décliner
ses nom, prénom et qualité, puis il l'inter-
rogea sur *l'objet de sa visite*. Elle se mit à parler, dans sa langue de commère, à raconter
l'histoire dans le désordre, c'est-à-dire son
ordre à elle. Elle raconta sa vie, puis en vint
au mardi 14 juillet, car le monsieur s'impa-
tientait. Elle parla alors de son compagnon,
François Rousseau, allumeur de réverbère.
C'était un brave homme, elle n'avait pas à
se plaindre. Il était parti le matin, le jour
de la prise de la Bastille, il était allé au faubourg Saint-Antoine. Le clerc relève alors
ses bésicles, il l'interrompt. Il veut savoir
ce que son mari allait y faire, à la Bastille ;
est-ce qu'il comptait se joindre aux émeutiers ? Une ombre passe devant la fenêtre
du bureau. Marie Bliard ne sait trop quoi
répondre ; elle ne se sent soudain pas très
à l'aise dans le bureau du commissaire. Elle
bredouille. Son mari avait une course à faire
au Faubourg, on lui a dit qu'il était entré
dans la cour de la forteresse, entraîné par
la foule peut-être ou bien pour voir ce qui
s'y passait ; elle ne l'a jamais revu.

Le clerc ouvre une pochette. Silence.
Il feuillette un dossier. Marie Bliard reste

immobile, comme s'il lui fallait se tenir inerte, ne pas faire un bruit, pas un mouvement, se tenir pour morte, pendant que le monsieur inspecte ses entrailles. Il lève et abaisse plusieurs fois ses lunettes, puis redresse le nez et, d'une voix froide et lente, lui demande pourquoi elle a attendu si longtemps pour venir. Elle ne sait pas ; elle vient d'apprendre qu'il y avait peut-être une pension. Depuis la disparition de son mari, la vie n'est pas facile, un secours serait bienvenu.

L'affaire ne rapportera pas vingt sols, le clerc n'a donc pas de temps à perdre. Il la laisse un moment seule. Elle pose ses poings fermés sur ses genoux, elle ne bouge plus. Dans la cour, un chien aboie. Elle entend les portes s'ouvrir et se refermer. Puis le clerc revient ; il tient une feuille à la main, elle remarque qu'il a les ongles pleins d'encre. Il lui explique que c'est un procès-verbal de l'année dernière ; vers neuf heures du soir, le 14 juillet, trois particuliers ont amené au Châtelet deux cadavres. Eux aussi, prétendaient être entrés dans la cour du Gouvernement poussés par la foule, au moment où le pont-levis cédait. Là, ils virent deux morts et les transportèrent d'abord à l'Hôtel de Ville, puis au Châtelet.

   Les trois particuliers s'appellent Jacques
Collinet, chapelier, demeurant rue Saint-
Nicolas, Giles Droix, chapelier, demeurant rue des Filles-Dieu, et Jean Varenne,
imprimeur en papier dans la petite rue de
Reuilly. Le clerc lève les yeux au-dessus de
ses lunettes ; votre mari les connaissait ?
Elle n'en sait rien. Le clerc reprend : le premier cadavre, qu'ils déposèrent au Châtelet, est un petit homme chauve, portant
une culotte de ratine grise, de gros souliers, une chemise de grosse toile, une veste
de drap olive, un gilet de coton blanc. Il
avait une large blessure au flanc et le pouce
de la main droite arraché. La description
était sèche, technique, et cependant Marie
Bliard devinait une silhouette étendue sous
les voûtes obscures du Châtelet, un petit
corps mort auquel ce signalement donnait
en fin de compte une sorte de vie secrète.
Le clerc se pinça les moustaches et dit que
l'homme avait été identifié et s'appelait
Falaise. Puis il passa à l'autre cadavre. Le
cœur de Marie Bliard se mit à battre. *De
sexe masculin, âgé d'environ quarante-cinq
ans. Vêtu de bas de laine à côtes gris, d'une
culotte blanche.* Et là, elle n'entendit plus
rien, l'inventaire fut relégué dans le silence,

en un bourdonnement dérisoire. C'était comme si toute sa vie passée était ânonnée, les vingt ans qu'elle avait vécus avec son mari, leur pauvre vie rue des Noyers, le boulot, le petit enfant mort en bas âge, les difficultés, les minuscules moments de bonheur, les promenades aux Porcherons, tout cela était à présent débité par petits lots, d'une voix monocorde, comme si on voulait ainsi le lui soustraire. Elle se rappelait les bas qu'elle avait tricotés, la culotte marchandée aux Misères, sur les quais, les souliers attachés comme on l'avait pu avec de vieux cordons, la veste en laine grise, le mouchoir de coton déniché à la fripe et, dans la poche, le passe-partout que François portait toujours. Et plus le clerc récitait son poème : gilet de toile blanche, chapeau à cocarde, chemise de grosse toile, et plus le corps réel de François Rousseau s'éloignait, se dissolvait dans autre chose. Ce n'était même plus un cadavre, même plus un nom, il devenait un objet, quelques lignes dans un registre, une chose qu'on voulait classer, répertorier, pour en finir. Elle regarda par la fenêtre et ne vit rien, rien que le mur d'en face, et le planton qui fumait au fond de la cour. Et puis, sans s'interrompre, le clerc

passa des vêtements aux blessures, comme
si cela faisait partie d'un catalogue, qu'il n'y
avait pas de différence entre un vieux mouchoir et une plaie mortelle, entre un gilet
que l'on jette au chiffon et un cadavre que
l'on descend en titubant sur un brancard
dans la basse-geôle du Châtelet.

Des balles lui avaient traversé la gorge de
part en part. Le procès-verbal ne disait rien
d'autre. Soudain, elle vit le sang sur la plaie.
Il lui sembla le voir, pouvoir le toucher. Son
col se mit à lui serrer le cou, et elle arrangea
sa coiffe, qui lui sciait le front. Elle tritura
un coin de son tablier. Le clerc avait saisi
sa plume et l'avait trempée dans l'encre. Il
ne prit pas la peine de dépenser une nouvelle feuille, il se mit à remplir une étroite
colonne, en marge du premier PV. Il traçait
d'étranges lignes sinueuses, très vite. Elle
entendait son ongle sur la feuille. C'était
un petit homme replet aux cheveux cen-
drés. Son encre était très noire et son écriture si fine ! Une fois qu'il eut copié la date et
par-devant nous Conseiller du Roy, il écrivit,
barra trois mots, et eut l'air agacé. Il reprit :
*est comparue Marie Jeanne Bliard, veuve de
François Rousseau, allumeur, demeurant à
Paris, rue des Noyers n° 17.* Et soudain, tout

fut pris dans les glaces. Son nom, celui de François, son métier d'allumeur de réverbère, leur garni, en un trait de plume, avaient été vidés, dépouillés de leurs viscères. Il n'en restait plus que les mots : veuve, allumeur, demeurant. La machine continuait, *laquelle nous a dit que le 14 juillet, jour de la prise de la Bastille,* et à mesure que le clerc transcrivait ses paroles, une langue obscure s'en saisissait, les hachurait, les tronçonnait, les nettoyait de toute vie. Ce n'était plus François qui avait été tué ; c'était quelqu'un d'autre, qu'elle ne connaissait pas. Et voici qu'arrivait le moment fatidique, les mots du clerc descendaient lentement les marches froides de l'escalier, on entendait ses petits pas secs sur les dalles. Puis il s'arrêta, reprit son souffle, souleva le drap mortuaire et ânonna chaque syllabe en la retranscrivant : *le se-cond par-ti-cu-li-er, dont la dé-si-gna-ti-on du ca-da-vre* ; à ce moment, le cœur de Marie Bliard s'arrêta ; il lui sembla que la pièce était immense, puis l'instant d'après toute petite, que le mot *cadavre* était là, sur la table, parmi les papiers. Elle sentit remonter en elle une peine profonde ; elle pensa à la petite fille qu'ils avaient eue, ensemble, et qui était morte, elle aussi ; et elle se sentit soudain très seule, aussi seule que *Marie Jeanne Bliard, veuve de François Rousseau, allumeur, demeurant à Paris, rue des Noyers n° 17*, elle se sentit aussi seule qu'un cadavre d'allumeur de réverbère dans la basse-geôle du Châtelet, et ce fut comme si tout ce qu'elle avait aimé se trouvait à présent là, sur ce procès-verbal, et allait désormais y demeurer toujours, en quelques lignes sèches, écrites à la va-vite, par un commissaire de police. Elle eut un frisson. Ses lèvres se raidirent. Elle releva la tête, fixa terriblement l'homme qui se tenait en face. Il ne la voyait pas. Il écrivait.

PLUIE DE PAPIER

LA NUIT tombe. Des foules innombrables montent sur les tours de la Bastille. On reste muets, interdits. Le ciel ne nous accable plus. Canivet se tient à cheval sur le parapet, silencieux face au vide. L'enfant veut apercevoir la Seine, le flot noir. Il essaie de reconnaître les monuments, pointe du doigt Saint-Eustache, Saint-Gervais ; là, c'est l'église Sainte-Geneviève ? demandet-il. La hauteur enivre, étourdit. Tout est là, devant lui, dédale de rues, méandres, artères obscures, creusées dans le roc. Il voit tout, mais ne reconnaît rien, comme Moïse sur sa montagne. Des ruisseaux coulent sur son visage. Des couples se penchent, des jeunes s'amusent à se faire peur en se bousculant. On s'aime, on s'embrasse sur la bouche. Les femmes détachent leurs cheveux. Et là, ce sont les lumières de la Courtille ! et là celles de la Butte-aux-Cailles ! Au fond, ce ne sont pas les monuments qu'ils admirent, ce ne sont pas les grands édifices que leurs yeux cherchent avidement dans le noir ; ils les devinent à peine, une coupole, un clocher, une flèche ; non, ce qu'ils découvrent, ce qui s'offre soudain, ce sont les toits enchevêtrés, les façades irrégulières, un lacis de ruelles impénétrables, une forêt de cheminées, de lucarnes, leur ville ; c'est elle qu'ils contemplent ébahis, celle qu'ils ont bâtie de leurs mains. Alors on rit, on rit, on tire des coups de feu en l'air ; chacun raconte ce qu'il a vu, on répète indéfiniment les mêmes épisodes, petits morceaux de bravoure ou de panique. Des milliers de récits crépitent, circulent, s'épanouissent. Quand Rossignol cherche enfin à redescendre, c'est impossible car le flot monte sans cesse, les gens n'arrêtent pas de monter, on dirait que Paris s'est donné rendez-vous au sommet de la forteresse.

Et puis on saccage tout. La destruction de la Bastille commence aussitôt. On roule les pierres dans le vide ; le haut des tours est massicoté, rongé. En quelques heures, ça ne ressemble plus à rien. Les meubles sont jetés par-dessus bord, les vêtements déchirés, les glaces brisées, tout est détruit, pillé.

Que c'est bon de défaire et de démolir ! Personne ne pense à demain. On désire tout renverser, tout jeter, sacquer, révoquer, flanquer par terre ! Et ça fait plaisir, un plaisir inouï. On ne peut pas payer le loyer, eh bien foutre ! voici un fauteuil éventré, une table cul-de-jatte, un miroir éborgné, un chandelier manchot, un vase de nuit plein de fèces. On n'a pas assez de ronds pour bouffer, eh bien foutre ! on danse pieds nus, on se serre la ceinture, on se baise, on picole. Feseleaux joue aux cartes dans une cellule ; Lefebvre graillonne religieusement dans un tire-jus qu'il a *emprunté* au gouverneur ; Chorier pisse par la fenêtre ; Navet fait des essayages, il enfile quelques vestes, met quelques chapeaux, défile devant le miroir, s'apprécie ; Leroux fait un jeu de piste dans les couloirs ; Louise feuillette les courriers du lieutenant de la Bastille et fait fondre un cachet, qui pleut sur le plancher ; Marguerite trimbale des perruques au bout d'une pique ; Marie enfile les bracelets de fer des reclus ; Pierre-Pierre jette un trognon de pomme ; Hue porte les bésicles du gouverneur et se cogne aux murs ; et Tronchon, à haute voix, lit un livre à l'envers. Tout le monde est là et se pâme, s'amuse.

Mais cela fut aussi très sérieux. On prit
enfin la poudre. Chacun se servit. Le soir
même le peuple entier était en armes. Aux
quatre coins de la ville, on répétait que la
Bastille était prise, que ses portes étaient
ouvertes. La joie gagna tout le monde. Des
décharges d'artillerie célébraient la vic-
toire. Il y eut une semaine de réjouissances
publiques, d'embrassades fraternelles. Et la
nuit du 14 juillet fut sans doute la plus agi-
tée, la plus heureuse, mais aussi la plus tourmentée qu'une ville ait jamais connue. On
fit allumer des lampions à toutes les fenêtres.
On avertit tout le monde de ne pas se coucher. L'alerte fut générale. Le peuple fes-
toyait mais il était irrité, menaçant. Vers
minuit, des hommes parcoururent les rues
en hurlant : "Aux armes !", faisant un foin
d'enfer. À la joie se mêlait un qui-vive. On
craignait encore la venue des troupes royales,
il fallait se préparer, se quérir. Des groupes
frappaient à toutes les portes, cognaient aux
fenêtres, faisaient tinter les enseignes et valser les auvents. On entrait dans les maisons
et on réclamait tous les hommes, les armes
passaient de main en main, on descellait
les barreaux des fenêtres, on déplantait les
grilles pour faire des piques. Tout Paris fut

sur pied. À nouveau, le tocsin sonna. On
tirait au canon. Et puis on arracha des morceaux de trottoir, on dépava, les rues furent
bientôt sens dessus dessous et la ville entière
fut barricadée, retranchée. On renversait de
vieilles charrettes. On y jetait des tonneaux,
des tables, des armoires brisées. Derrière, on
faisait des réserves de pierres, de ferraille,
d'ustensiles de toutes sortes pour accabler
les soldats. Des femmes armées de sabres et
de broches paradèrent. Les bourgeois eurent
très peur. Ce fut la nuit la plus terrible qu'ils
aient jamais passée. Partout des gens de
petits métiers, des chômeurs, des vagabonds
erraient à la lueur des torches. La rue était
à tout le monde. On forgeait des piques,
on fondait des balles. Les gardes-françaises
occupaient les barrières. On se tenait torse
nu, accoudé à une table jetée dehors, on
fumait, on blaguait. Des ombres étaient
tapies dans le clocher de Notre-Dame, sur
les toits ; et guettaient.

Les troupes du roi, en silence, se retirèrent. Et ce soir-là, les marquises dormirent
très mal, les libertins n'allèrent pas au tripot
et les carrosses restèrent à la remise. On fit
griller des sardines sur les marches de l'Hôtel
de Ville, on fit valser les pupitres. Les gens

déboulèrent de tous les faubourgs dans le
centre de la capitale ; on venait même de
plus loin, on débarquait de Gonesse, de
Sèvres, de Montrouge. Les fossés de la Bastille étaient à présent jonchés de débris,
pieds de table, portes d'armoire, éclats de
bois insolites, cuvettes en faïence, boîtes
à poudre, brosses et peignes, lambeaux de
vêtements. Une immense allégresse s'empara de la ville. On dansait, on chantait, on
riait. Les témoignages du jour parlent d'une
ambiance folle, exubérante, jamais vue. La
joie. Cela n'arrive pas tous les jours, la joie.
Et elle se diffusa de toutes parts, remonta
les avenues, les rues tortillantes, les escaliers
pourris, pénétra les galetas, cribla le fleuve,
enfonça les portes, coupa les ponts.

Vers neuf heures du soir, à l'Hôtel de
Ville, le marquis de La Salle, commandant la
milice bourgeoise, passa *sous les baïonnettes*
et accueillit en souriant *les vainqueurs de la
Bastille*. Une fois qu'il les eut embrassés et
qu'il les eut complimentés beaucoup, il leur
demanda de se nommer. Un grand nombre
refusèrent de donner leur identité. Alors, les
électeurs, Éthis de Corny peut-être, Poupart
de Beaubourg, à présent intrépides, à leur

aise, nonchalamment accoudés à l'espagno-
lette, les encouragèrent à se signaler. Comme
on insistait, les émeutiers commencèrent à
s'éloigner, méfiants, farouches. À dire vrai,
on les comprend, certains vainqueurs n'auront pas le temps d'être ajoutés à la liste de
l'Hôtel de Ville qu'ils seront déjà pendus,
du fait de leurs *débordements.* Le marquis
de La Salle eut donc beau rappeler aimablement les gens qui s'éloignaient et tenter de
les faire revenir, d'un ton paternel, tartuffe
et dévotieux, ils se sauvèrent incontinent
dans les ruelles. Ainsi les hommes échappent
à l'échafaud comme aux livres d'Histoire.

*

On raconte que le 14 juillet, en toute fin de
journée, il plut. Je n'en suis pas très sûr. Les
avis divergent. Ce qui est certain, c'est qu'il
y eut une pluie de papier. On balança en
l'air les archives de l'ordre, registres d'écrou,
requêtes demeurées sans réponse, livres de
comptes, que l'on vit planer, voleter, se poser
sur les toits, dans la boue, sur les arbres,
dans les fossés crasseux de la forteresse. Les
badauds regardaient ces brassées de feuilles,
de pages, de cahiers, jetées par les fenêtres.

On aurait dit une manière d'aumône, de don à tout et à rien. Les livres tombaient, les feuilles neigeaient.

On devrait plus souvent ouvrir nos fenêtres. Il faudrait de temps à autre, comme ça, sans le prévoir, tout foutre par-dessus bord. Cela soulagerait. On devrait, lorsque le cœur nous soulève, lorsque l'ordre nous envenime, que le désarroi nous suffoque, forcer les portes de nos Élysées dérisoires, là où les derniers liens achèvent de pourrir, et chouraver les maroquins, chatouiller les huissiers, mordre les pieds de chaise, et chercher, la nuit, sous les cuirasses, la lumière comme un souvenir.

Oui, on devrait parfois, lorsque le temps est par trop gris, lorsque l'horizon est par trop morne, ouvrir les tiroirs, briser les vitres à coups de pierres, et jeter les papiers par la fenêtre. Les décrets, les lois, les procès-verbaux, tout ! Et cela choirait, s'effondrerait lentement, pleuvrait dans le caniveau. Et ils tournoieraient dans la nuit, comme ces papiers gras qui, après la foire, tourbillonnent sous les manèges. Ce serait beau et drôle et réjouissant. Nous les regarderions tomber, heureux, et se défaire, feuilles volantes, très loin de leur tremblement de ténèbres.

TABLE

OUVRAGE RÉALISÉ
PAR L'ATELIER GRAPHIQUE ACTES SUD
REPRODUIT ET ACHEVÉ D'IMPRIMER
EN JANVIER 2018
PAR NORMANDIE ROTO IMPRESSION S.A.S.
À LONRAI
POUR LE COMPTE DES ÉDITIONS
ACTES SUD
LE MÉJAN
PLACE NINA-BERBEROVA
13200 ARLES

DÉPÔT LÉGAL
1re ÉDITION : AOÛT 2016
N° d'impression : 1800121
(Imprimé en France)